妙语连珠

青蘅 编

应急管理出版社
·北京·

图书在版编目（CIP）数据

妙语连珠 / 青蘅编． -- 北京：应急管理出版社，
2025． -- ISBN 978-7-5237-1211-5

Ⅰ．I207.2

中国国家版本馆 CIP 数据核字第 2025AE4889 号

妙语连珠

编　　者	青　蘅
责任编辑	孙　婷
封面设计	臻　晨

出版发行	应急管理出版社（北京市朝阳区芍药居 35 号　100029）
电　　话	010-84657898（总编室）　010-84657880（读者服务部）
网　　址	www.cciph.com.cn
印　　刷	山东博雅彩印有限公司
经　　销	全国新华书店
开　　本	710mm×1000mm $^1/_{16}$　印张　8　字数　90 千字
版　　次	2025 年 7 月第 1 版　2025 年 7 月第 1 次印刷
社内编号	20250198　　　　　　　定价　59.80 元

版权所有　违者必究

本书如有缺页、倒页、脱页等质量问题，本社负责调换，电话:010-84657880

前言
PREFACE

  诗词是古人情感的抒发，也是生活哲理的提炼。从唐诗的豪迈奔放、宋词的婉约细腻到元曲的通俗生动，每一首诗词都以其独特的艺术魅力，诉说着一个个动人的故事，描绘着一幅幅生动的画卷。

  朋友，你有没有想过，当我们在生活中经历各种情绪时，比如，开心、难过、迷茫，或者邂逅美丽的景色，古人会用什么样的诗句来表达呢？

  这本书就像一座桥梁，连接着我们的现代生活和古人的智慧世界。它精心挑选了一系列诗词，试图去诠释和反映我们生活中的种种状态和心情。

  当你感到不快乐时，不妨读一读"人生如逆旅，我亦是行人"，体会一下苏轼的那份豁达与乐观；当你面对困难时，"竹杖芒鞋轻胜马，谁怕？一蓑烟雨任平生"或许能给你带来一些勇气和力量；当你怀念往昔，感慨时光不再时，"欲买桂花同载酒，终不似、少年游"或许能触动你内心深处对纯真岁月的温柔追忆。

  当你面对人生的虚幻与无常，"毕竟几人真得鹿，不知终日梦为鱼"

或许能让你领悟，世事如梦，要学会放下执念；当你感到前路茫茫，需要指引时，"长风破浪会有时，直挂云帆济沧海"则如同一盏明灯，照亮你前行的道路，给予你无畏前进的勇气与决心。

诗词的魅力在于，它们可以用最简洁、最动人的语言，表现我们内心深处的情感。在这本书里，你不仅可以找到与自己的状态相契合的诗句，还能通过古人的视角去理解和感悟生活的真谛。

让我们一起翻开这本书，聆听那些跨越千年的声音；让诗词的智慧和美丽，陪伴我们度过每一个平凡而又独特的日子。

目录 CONTENTS

状态篇

"乐观豁达"用什么诗词描述? 2
"自信狂放"用什么诗词描述? 3
"知足常乐"用什么诗词描述? 4
"乐观积极"用什么诗词描述? 5
"我自逍遥自在"用什么诗词描述? 6
"世态炎凉"用什么诗词描述? 7
"人生路难走"用什么诗词描述? 8
"人心难测"用什么诗词描述? 9
"人心险恶"用什么诗词描述? 10
"人生无常"用什么诗词描述? 11
"珍惜时间"用什么诗词描述? 12
"时间流逝的感慨"用什么诗词描述? 13
"没主见"用什么诗词描述? 14
"物是人非"用什么诗词描述? 15
"再也回不去了"用什么诗词描述? 16

"付出得不到回报"用什么诗词描述？ …………………………… 17

"不要放弃，日子会好起来的"用什么诗词描述？ ……………… 18

"命运真不公平"用什么诗词描述？ …………………………… 18

"说再多恰当的话，也不如沉默不语"用什么诗词描述？ …… 20

"不被事态左右"用什么诗词描述？ …………………………… 21

"总有更厉害的人"用什么诗词描述？ ………………………… 22

"懂我的人不必解释"用什么诗词描述？ ……………………… 23

"美女"用什么诗词描述？ ……………………………………… 24

"帅"用什么诗词描述？ ………………………………………… 25

"有才华"用什么诗词描述？ …………………………………… 26

"心情好"用什么诗词描述？ …………………………………… 27

"缘分已尽"用什么诗词描述？ ………………………………… 28

"怀才不遇"用什么诗词描述？ ………………………………… 29

"希望自己有出头之日"用什么诗词描述？ …………………… 30

生活篇

"旅游时"用什么诗词描述？ …………………………………… 32

"潇洒惬意的生活"用什么诗词描述？ ………………………… 33

"我不'卷'，也不'内耗'"用什么诗词描述？ ……………… 34

"岁月催人老"用什么诗词描述？ ……………………………… 35

"美好日子的流逝"用什么诗词描述？ ………………………… 36

"活在当下"用什么诗词描述？ ………………………………… 37

"人生如梦"用什么诗词描述？ ………………………………… 38

"日子过得真快"用什么诗词描述？⋯⋯⋯⋯⋯⋯⋯⋯⋯39

"忙碌生活中难得的空闲时光"用什么诗词描述？⋯⋯⋯40

"享受慢节奏的生活"用什么诗词描述？⋯⋯⋯⋯⋯⋯41

"有烟火气的生活"用什么诗词描述？⋯⋯⋯⋯⋯⋯⋯42

"不能十全十美"用什么诗词描述？⋯⋯⋯⋯⋯⋯⋯⋯43

"知音难遇"用什么诗词描述？⋯⋯⋯⋯⋯⋯⋯⋯⋯⋯44

"过年"用什么诗词描述？⋯⋯⋯⋯⋯⋯⋯⋯⋯⋯⋯⋯45

"你看到的可能只是一个片面"用什么诗词描述？⋯⋯46

"格局"用什么诗词描述？⋯⋯⋯⋯⋯⋯⋯⋯⋯⋯⋯⋯46

"做没有用的事"用什么诗词描述？⋯⋯⋯⋯⋯⋯⋯⋯47

"不劳而获"用什么诗词描述？⋯⋯⋯⋯⋯⋯⋯⋯⋯⋯48

"人生无常，聚散不定"用什么诗词描述？⋯⋯⋯⋯⋯49

"向往自由"用什么诗词描述？⋯⋯⋯⋯⋯⋯⋯⋯⋯⋯50

"旧地重游"用什么诗词描述？⋯⋯⋯⋯⋯⋯⋯⋯⋯⋯51

"歌好听"用什么诗词描述？⋯⋯⋯⋯⋯⋯⋯⋯⋯⋯⋯52

"不知道是在天上还是人间"用什么诗词描述？⋯⋯⋯53

"禁得住诱惑"用什么诗词描述？⋯⋯⋯⋯⋯⋯⋯⋯⋯54

"不忘初心"用什么诗词描述？⋯⋯⋯⋯⋯⋯⋯⋯⋯⋯55

"我们再难相聚了"用什么诗词描述？⋯⋯⋯⋯⋯⋯⋯56

"你在我眼里最特别"用什么诗词描述？⋯⋯⋯⋯⋯⋯57

"追求梦想"用什么诗词描述？⋯⋯⋯⋯⋯⋯⋯⋯⋯⋯58

"追求完美"用什么诗词描述？⋯⋯⋯⋯⋯⋯⋯⋯⋯⋯59

"随遇而安"用什么诗词描述？⋯⋯⋯⋯⋯⋯⋯⋯⋯⋯60

情 感 篇

"爱而不得"用什么诗词描述？ …………………… 62

"对爱情的坚持"用什么诗词描述？ ………………… 63

"相思苦"用什么诗词描述？ ………………………… 64

"思念已故的人"用什么诗词描述？ ………………… 65

"思念友人"用什么诗词描述？ ……………………… 66

"思念家乡"用什么诗词描述？ ……………………… 67

"友人送别"用什么诗词描述？ ……………………… 68

"睹物思人"用什么诗词描述？ ……………………… 69

"别离前的赠言"用什么诗词描述？ ………………… 70

"相见不相识"用什么诗词描述？ …………………… 71

"久别重逢"用什么诗词描述？ ……………………… 72

"放下过去"用什么诗词描述？ ……………………… 73

"认识你很高兴"用什么诗词描述？ ………………… 74

"漂泊在外"用什么诗词描述？ ……………………… 75

"借酒消愁"用什么诗词描述？ ……………………… 76

"看破红尘"用什么诗词描述？ ……………………… 77

"抛却烦恼"用什么诗词描述？ ……………………… 78

"离别苦"用什么诗词描述？ ………………………… 79

"异地恋"用什么诗词描述？ ………………………… 80

"暗恋"用什么诗词描述？ …………………………… 81

"分手"用什么诗词描述？ …………………………… 82

"孤独"用什么诗词描述？ …………………………… 83

"等待"用什么诗词描述? ······ 84

"遗憾"用什么诗词描述? ······ 85

"后悔"用什么诗词描述? ······ 86

"失望"用什么诗词描述? ······ 87

"得意"用什么诗词描述? ······ 88

"失眠"用什么诗词描述? ······ 88

"无奈"用什么诗词描述? ······ 89

"忧愁"用什么诗词描述? ······ 90

"母爱"用什么诗词描述? ······ 91

景色篇

"江水"用什么诗词描述? ······ 94

"草原"用什么诗词描述? ······ 95

"春景"用什么诗词描述? ······ 96

"夏景"用什么诗词描述? ······ 97

"秋景"用什么诗词描述? ······ 98

"冬景"用什么诗词描述? ······ 99

"菊花"用什么诗词描述? ······ 100

"梨花"用什么诗词描述? ······ 101

"海棠花"用什么诗词描述? ······ 102

"荷花"用什么诗词描述? ······ 103

"梅花"用什么诗词描述? ······ 104

"瀑布"用什么诗词描述? ······ 105

"黄河"用什么诗词描述？ ……………………………… 106
"山水"用什么诗词描述？ ……………………………… 107
"山景"用什么诗词描述？ ……………………………… 108
"海浪"用什么诗词描述？ ……………………………… 109
"夜景"用什么诗词描述？ ……………………………… 110
"月亮"用什么诗词描述？ ……………………………… 111
"夜空"用什么诗词描述？ ……………………………… 112
"日光"用什么诗词描述？ ……………………………… 113
"雪"用什么诗词描述？ ………………………………… 114
"雨"用什么诗词描述？ ………………………………… 115
"风"用什么诗词描述？ ………………………………… 116
"夜里的大海"用什么诗词描述？ ……………………… 117
"傍晚近黄昏"用什么诗词描述？ ……………………… 117
"四季变化"用什么诗词描述？ ………………………… 118

状态篇

妙语连珠

"乐观豁达"用什么诗词描述？

古诗词 人生如逆旅，我亦是行人。　　——苏轼《临江仙·送钱穆父》

表述 人生就像是一场漫长的旅行，充满了艰辛与挑战，而我只是这旅途中匆匆行走的过客之一。

古诗词 竹杖芒鞋轻胜马，谁怕？一蓑烟雨任平生。

——苏轼《定风波》

表述 手拄着竹杖，脚穿着草鞋，我在雨中行走，感觉比骑马还要轻松自在。面对生活中的风雨和困境，我毫不畏惧，一身蓑衣足以抵挡所有的风雨，我将以这样的姿态度过我的一生。

古诗词 浮云出处元无定，得似浮云也自由。

——辛弃疾《鹧鸪天》

表述 浮云聚散无常，飘忽不定，不受任何束缚。如果我能像浮云那样自由自在，那该是多么美好的事情啊！

"自信狂放"用什么诗词描述？

古诗词 待到秋来九月八，我花开后百花杀。

——黄巢《不第后赋菊》

表述 等到金秋农历九月初九重阳节到来之时，菊花盛开以后，其他的花就凋落了，它们仿佛被菊花击败了，再也无法与之争艳。

古诗词 仰天大笑出门去，我辈岂是蓬蒿人。

——李白《南陵别儿童入京》

表述 我昂首挺胸，仰天大笑，大步流星地走出家门。像我这样的人，怎么会是那些草野之人呢？

古诗词 不恨古人吾不见，恨古人不见吾狂耳。

——辛弃疾《贺新郎》

表述 我并不遗憾自己无法见到古代的贤人君子，而是遗憾那些古代的贤人君子无法见到我这样的疏狂傲气之人。

"知足常乐"用什么诗词描述?

古诗词 枕上有书尊有酒,身外事,更何求?

——元好问《江城子》

表述 在枕边随手可取的是书籍,酒杯里满盈的是佳酿,对于身外的名利纷扰,我已无所挂念,还有什么值得再去追求呢?

古诗词 粗茶淡饭饱三餐,早也香甜,晚也香甜。

——张养浩《山坡羊》

表述 每天三餐,即便是粗茶淡饭,也能让我吃得心满意足;无论是清晨还是夜晚,都能感受到食物带来的香甜与幸福。

古诗词 几时归去,作个闲人。对一张琴,一壶酒,一溪云。

——苏轼《行香子·述怀》

表述 何时我能放下尘世的牵绊,回归自然,做一个悠闲自在的人,面对着一张古琴,一壶好酒,听溪水潺潺,看白云飘飘,过上一种简单而宁静的生活。

"乐观积极"用什么诗词描述？

古诗词 随富随贫且欢乐，不开口笑是痴人。

——白居易《对酒五首·其二》

表述 无论你是富有还是贫穷，都应该保持乐观的心态。如果你不懂得在任何情况下都应该快乐生活的道理，那么你可能就是个不懂得享受生活乐趣的"痴人"了。

古诗词 莫道桑榆晚，为霞尚满天。 ——刘禹锡《酬乐天咏老见示》

表述 不要因为太阳落山了就认为天色已晚，其实落日的余晖还能映红整个天空；人到了晚年，虽然身体可能不如从前，但依然可以有所作为，发挥自己的价值，展现出独特的光彩。

古诗词 谁道人生无再少？门前流水尚能西！休将白发唱黄鸡。

——苏轼《浣溪沙》

表述 谁说人老了就不能再次焕发青春的光彩呢？你看那门前的溪水，即使已经流过了漫长的岁月，尚能回流向西。我们也不要因为岁月的流逝而自怨自艾，不要让白发成为我们放弃追逐梦想的借口。

"我自逍遥自在"用什么诗词描述？

古诗词 酒醒只在花前坐，酒醉还来花下眠。 ——唐寅《桃花庵歌》

表述 酒醒的时候，我就悠闲地坐在花丛前面；酒醉之后，我又回到花树底下安然入眠。

古诗词 人老簪花不自羞，花应羞上老人头。
——苏轼《吉祥寺赏牡丹》

表述 我虽然年岁已高，但仍然喜欢佩戴花朵，并不觉得有什么羞耻；反倒是那些花朵，如果知道自己被戴在了一个老人的头上，应该感到有些不好意思呢。

古诗词 旁观拍手笑疏狂。疏又何妨，狂又何妨？
——刘克庄《一剪梅·余赴广东实之夜饯于风亭》

表述 旁观之人拍着手笑我行为疏狂不羁，但我却毫不在意。疏狂又怎样？狂妄又如何？

"世态炎凉"用什么诗词描述？

古诗词 不如意事常八九，可与语人无二三。

——方岳《别子才司令》

表述 在人生的道路上，不如意的事情常常占据了八九成，而真正能够向别人倾诉、得到理解和共鸣的事情，却往往不足二三成。

古诗词 世情薄，人情恶，雨送黄昏花易落。

——唐婉《钗头凤》

表述 世态炎凉，人情薄如纸，人心险恶难以捉摸，黄昏时分风雨交加，使得娇弱的花朵更易凋零。

古诗词 世人结交须黄金，黄金不多交不深。

——张谓《题长安壁主人》

表述 在这个世俗的社会里，人与人之间的交往往往需要以金钱为纽带，如果没有足够的金钱，那么交情自然也不会深厚。

"人生路难走"用什么诗词描述？

古诗词 但见时光流似箭，岂知天道曲如弓。

——韦庄《关河道中》

表述 我们往往只看到时光流逝如同离弦之箭那样快，却很难意识到天道其实像弯曲的弓一样，充满了未知与曲折。

古诗词 行路难！行路难！多歧路，今安在？

——李白《行路难·其一》

表述 行走在这人生的道路上是多么艰难，多么艰难啊！前方充满了无数的分岔路口，要走的路，究竟在哪里呢？

古诗词 世路风波险，十年一别须臾。

——欧阳修《圣无忧》

表述 人生的道路上充满了风波与险阻，即便是十年的分别，也仿佛只在眨眼之间。

"人心难测"用什么诗词描述？

古诗词 世途旦复旦，人情玄又玄。——庾信《伤王司徒褒诗》

表述 世间的道路日复一日地变化，而人情世故就像是迷雾中的深渊，让人难以捉摸，更难以看透。

古诗词 一生肝胆向人尽，相识不如不相识。
——顾况《行路难三首·其一》

表述 我这辈子，掏心掏肺地对别人好，毫无保留地展示自己的真心和忠诚，但到头来却发现，那些曾经相识相知的人，在某些关键时刻，竟然还不如那些未曾相识的陌生人来得真诚和可靠。

古诗词 画虎画皮难画骨，知人知面不知心。——《增广贤文·上集》

表述 画出老虎的皮毛容易，但要画出它的骨骼和神韵却很难；同样地，看清一个人的外表容易，但要了解他的内心却如同隔着一层迷雾，难以看清。

"人心险恶"用什么诗词描述？

古诗词 江头未是风波恶，别有人间行路难。

——辛弃疾《鹧鸪天·送人》

表述 江河上的风浪虽然看似险恶，却还算不上是最可怕的。真正艰难的，是人世间的道路，充满了种种困难和挑战。

古诗词 长恨人心不如水，等闲平地起波澜。

——刘禹锡《竹枝词九首·其七》

表述 我常常感叹，人心竟然还不如那平静的江水，即便是在平坦的地面上，也会无缘无故地掀起层层波澜。

古诗词 行路难，不在水，不在山，只在人情反覆间。

——白居易《太行路》

表述 人生的道路啊，真是艰难险阻。但真正的困难并不在于那汹涌的江河和巍峨的山岭，而在于人际关系的复杂多变和人心的反复无常。

"人生无常"用什么诗词描述？

古诗词 天有不测风云，人有旦夕祸福。　　——吕蒙正《破窑赋》

表述 天上的风云变幻无常，难以预测；人生亦是如此，祸福相依，难以预料。有时，一场突如其来的风暴就能颠覆我们的命运，而人生的幸福与灾祸，也常常在旦夕之间降临。

古诗词 白发虽未生，朱颜已先悴。人生讵几何，在世犹如寄。
　　——白居易《感时》

表述 虽然岁月的痕迹尚未在我的发间留下白雪，但青春的容颜却已悄然褪色。人生啊，又能有多少个春秋呢？我们不过是寄居在这个世界上的匆匆过客罢了。

古诗词 此生谁料，心在天山，身老沧洲。
　　——陆游《诉衷情》

表述 谁能预料得到呢？我年轻时曾怀揣着在天山边塞建功立业的豪情壮志，如今却只能在沧洲这个偏远之地，默默度过晚年时光。

"珍惜时间"用什么诗词描述？

古诗词 一年始有一年春，百岁曾无百岁人。

——崔敏童《宴城东庄》

表述 每年都会有春天的到来，带来新的生机与希望，尽管自然循环不息，但人的寿命有限，很少有人能活到百岁。

古诗词 君不见黄河之水天上来，奔流到海不复回。

——李白《将进酒》

表述 你难道没有看见那黄河之水从远处奔流而来，好似从天上奔腾而下，一泻千里，如同千军万马般汹涌澎湃，最终汇入大海，一去不复返吗？

古诗词 读书不觉已春深，一寸光阴一寸金。

——王贞白《白鹿洞二首·其一》

表述 当我沉浸在书的海洋中，专心致志地阅读时，不知不觉已经到了暮春季节，时间如同黄金般珍贵，每一刻都值得我们珍惜。

"时间流逝的感慨"用什么诗词描述?

古诗词 今人不见古时月,今月曾经照古人。　　——李白《把酒问月》

表述 如今的人们未曾见过古时的月亮,但这轮皎洁的月亮,却照亮过古人。

古诗词 流水淘沙不暂停,前波未灭后波生。
　　　　　　　　　　　　　　　——刘禹锡《浪淘沙·其九》

表述 江中流水不断地冲刷着岸边的沙砾,前面的波浪刚刚涌起,还未完全消散,后面的波浪就已经迫不及待地涌来。这无尽的波涛,就像时间的流逝,永不停歇。

古诗词 人意共怜花月满,花好月圆人又散。　　——张先《木兰花》

表述 人们总是怜惜那些花好月圆的美好时刻,可是花好月圆时,朋友们又各在一方了。

"没主见"用什么诗词描述？

古诗词 矮人看戏何曾见，都是随人说短长。

——赵翼《论诗五首·其三》

表述 那些身材矮小的人，站在人群中看戏时，根本看不清戏台上的表演。于是，他们只能听凭周围人的议论，别人说好，他们也跟着说好；别人说不好，他们也跟着说不好，完全没有自己的独立见解。

古诗词 随人作计终后人，自成一家始逼真。

——黄庭坚《以右军书数种赠邱十四》

表述 如果总是跟着别人的思路走，依附于他人的计划行事，那么最终只会落在别人的后面，无法超越。只有独立思考，才能形成自己的独特风格和见解。

"物是人非"用什么诗词描述？

古诗词 去年今日此门中，人面桃花相映红。人面不知何处去，桃花依旧笑春风。

——崔护《题都城南庄》

表述 去年的今天，我在这里看到了女子的容颜与桃花相映成趣的美景，那是一幅生动而和谐的画面。然而，当我今年再次来到这里时，女子已经不知去了何处，只剩下桃花独自在春风中绽放。

古诗词 人世几回伤往事，山形依旧枕寒流。

——刘禹锡《西塞山怀古》

表述 尽管人世间经历了无数的悲欢离合和兴衰更替，但山川却依旧静静地枕着寒冷的江流，没有发生任何变化。

古诗词 物是人非事事休，欲语泪先流。

——李清照《武陵春·春晚》

表述 眼前的景物依旧，但身边的人和事都已经不同了，所有的事情都已经成为过去，再也无法挽回。想要倾诉心中苦楚，但还未开口，泪水就先

流了下来。

"再也回不去了"用什么诗词描述？

古诗词 欲买桂花同载酒，终不似、少年游。

——刘过《唐多令》

表述 心里琢磨着，要是能买上些桂花，再备上一壶好酒，咱们一起划船出游，那该多惬意啊！但转念一想，就算真的这么做了，也找不回当年那种年少轻狂、无忧无虑的感觉了。

古诗词 往事已成空，还如一梦中。

——李煜《子夜歌》

表述 那些往事现在都已经烟消云散，无法挽回。每当回想起来，那些往事都像是梦境一般虚幻而短暂，让人心里有种说不出的滋味。

古诗词 夕阳西下几时回？无可奈何花落去，似曾相识燕归来。

——晏殊《浣溪沙》

表述 夕阳西下的美景何时还能再见呢？花儿凋谢了，我对此感到无能为力，只能眼睁睁地看着它们离去。而那些似曾见过的燕子，又一年年地从南方飞了回来。

"付出得不到回报"用什么诗词描述？

古诗词 采得百花成蜜后，为谁辛苦为谁甜？　　　　——罗隐《蜂》

表述 蜜蜂忙忙碌碌地采了那么多花，酿成了甜甜的蜜，可到头来，这蜜到底是让谁享受的呢？自己辛苦一场，却不一定能尝到甜头。

古诗词 四海无闲田，农夫犹饿死。　　　　——李绅《悯农二首·其一》

表述 天下没有一块田地不被耕种，按理说应该丰收满满，可仍有无数种田的农民饿死，真是让人心酸。

古诗词 我本将心向明月，奈何明月照沟渠。　　　　——高明《琵琶记》

表述 我满心欢喜地想要把真心献给明月，可明月却偏偏不理我，照向了那无人问津的沟渠，真是让人无奈啊！

妙语连珠

"不要放弃，日子会好起来的"用什么诗词描述？

古诗词 不经一番寒彻骨，怎得梅花扑鼻香。

——黄檗禅师《上堂开示颂》

表述 如果不经历冬天那刺骨的寒冷，又怎能闻到梅花那醉人的香气呢？这就像人生一样，不经历一番艰难困苦，又怎能收获成功和喜悦呢？

古诗词 山重水复疑无路，柳暗花明又一村。 ——陆游《游山西村》

表述 前方山峦重叠、水流曲折，正担心无路可走，突然看见前方绿柳成荫，繁花似锦，一座美丽的小村庄就隐在其中。面对困境，不要轻易放弃，因为往往在最意想不到的时候，转机就会出现。

"命运真不公平"用什么诗词描述？

古诗词 满腹文章，白发竟然不中；才疏学浅，少年及第登科。

——吕蒙正《破窑赋》

表述 那些肚子里装满了学问、文章写得好的人，到了头发都白了的时候，竟然还没能考中功名；而那些学问不怎么好、才疏学浅的人，却能在年纪轻轻的时候就考中进士，做了官。

古诗词 嗟乎！时运不齐，命途多舛。冯唐易老，李广难封。

——王勃《滕王阁序》

表述 唉！每个人的命运都是不同的，人生的道路也充满了坎坷。即使像冯唐那样有才华的人，也容易因为年老而不被重用；而像李广那样勇猛善战的名将，也难以得到应有的封赏。

古诗词 一行书不读，身封万户侯。

——聂夷中《公子行二首·其二》

表述 真是讽刺啊！有的人连一本书都没读过，却能凭借着特殊的身份和地位被封为拥有万户人家的侯爵。

"说再多恰当的话，也不如沉默不语"用什么诗词描述？

古诗词 风流不在谈锋胜，袖手无言味最长。

——黄昇《鹧鸪天·张园作》

表述 真正的风度和气质，不在于能说会道，沉默寡言、冷静思考常常是真正有意味的。

古诗词 逢人不说人间事，便是人间无事人。

——杜荀鹤《赠质上人》

表述 遇到人时，从不谈论尘世的纷纷扰扰，仿佛置身于喧嚣之外，内心一片宁静。这样的人，就像是尘世中的一股清流，与世无争，自在安详。

古诗词 别有幽愁暗恨生，此时无声胜有声。　　——白居易《琵琶行》

表述 像另有一种愁思幽恨暗暗滋生，此时声音暂歇却比有声更加动人。

"不被事态左右"用什么诗词描述?

古诗词 举世皆浊我独清，众人皆醉我独醒。
——屈原《渔父》

表述 世人都混浊不堪，只有我一个人是清白的；众人都沉醉不醒，只有我一个人是清醒的。

古诗词 物物而不物于物，念念而不念于念。
——庄子《庄子·外篇·山木第二十》

表述 在处理外物时，我能驾驭它们而不被它们所驾驭；在面对念头时，我能觉察它们而不被它们所左右。

古诗词 世事浮云何足问，不如高卧且加餐。
——王维《酌酒与裴迪》

表述 世上的事情就像浮云一样变幻无常，哪里值得我们去追问和计较呢？还不如高卧山林，多多进食，保养身体来得实在。

妙语连珠

"总有更厉害的人"用什么诗词描述?

古诗词 长江后浪推前浪,世上新人赶旧人。

——《增广贤文·上集》

表述 就像长江里后面的波浪会不断地推动着前面的波浪前进一样,在社会和生活中,新一代人也会不断地追赶并超越旧一代人。

古诗词 江山代有才人出,各领风骚数百年。

——赵翼《论诗五首·其二》

表述 每个时代都会涌现出许多杰出的人才,他们在各自的领域取得了卓越的成就,并且能够引领时代的潮流,这种影响会持续很长时间,甚至长达数百年。

古诗词 始知五岳外,别有他山尊。　　　　　——杜甫《木皮岭》

表述 原本我以为五岳(泰山、华山、衡山、恒山、嵩山)已经是天下最高山峰的代表,但当我游历到其他地方后,才发现原来还有比五岳更加雄伟壮观的山峰存在。

"懂我的人不必解释" 用什么诗词描述？

古诗词 知我者谓我心忧，不知我者谓我何求。

——《诗经·王风·黍离》

表述 懂我的人，他们知道我心里在忧虑什么，而那些不懂我的人，却总以为我有什么企图或追求。其实，真正懂我的人，他们自然能够理解我的心情和想法，无须我过多地解释和说明。

古诗词 身无彩凤双飞翼，心有灵犀一点通。

——李商隐《无题二首·其一》

表述 虽然没有彩凤的翅膀可以飞越千山万水，飞到你的身边，但我们的内心却像灵异的犀牛角一样相通。即使不说话，也能明白对方的心思，这种默契和心灵契合，是无须言语就能达到的。

"美女"用什么诗词描述？

古诗词 一顾倾人城，再顾倾人国。　　　　　　——李延年《李延年歌》

表述 这位美人，美到看她一眼，就能让城中的百姓为之倾倒，城邦就会倾覆；再看她一眼，国家就会沦亡。这样的美人，真是绝世独立，无人能及。

古诗词 回眸一笑百媚生，六宫粉黛无颜色。　　　　——白居易《长恨歌》

表述 当她回眸一笑时，那姿态万千、娇媚动人的神情，简直让人无法抗拒。在这六宫之中，尽管妃嫔们个个浓妆艳抹，但在她的面前，却都黯然失色，无法与她相提并论。

古诗词 云想衣裳花想容，春风拂槛露华浓。

——李白《清平调·其一》。

表述 每当我看到天上的云彩，就不禁想到她身上那华美的衣裳；每当我看到花朵，就不禁想到她那娇艳的面容。春风吹拂着栏杆，露水滋润着花朵，她的美貌如同春风中带着露珠的花朵，清新脱俗，光彩照人。

"帅"用什么诗词描述？

古诗词 公子只应见画，此中我独知津。——苏轼《失题三道》

表述 像公子这般英俊的人，只应该在画里出现，但此刻，我却有幸能欣赏到他的风采。他的独特魅力，只有我能够真正领略。

古诗词 白玉谁家郎，回车渡天津。看花东陌上，惊动洛阳人。

——李白《洛阳陌》

表述 洛阳城中，有一位面容白皙如玉的少年，他驾驶着华丽的车辆，经过天津桥去城东看花。他的风采如此出众，引起了洛阳城的人们的瞩目，仿佛整个洛阳城都因他而生动起来。

古诗词 宗之潇洒美少年，举觞白眼望青天，皎如玉树临风前。

——杜甫《饮中八仙歌》

表述 崔宗之是一个潇洒不羁的美少年，他举杯饮酒时常常傲视青天，仿佛世间的一切都无法入他的眼。他站在风中，如同一棵玉树一般挺拔，风度翩翩，格外引人注目。

"有才华"用什么诗词描述？

古诗词 笔落惊风雨，诗成泣鬼神。

——杜甫《寄李十二白二十韵》

表述 李白的才华真是令人惊叹，他落笔时气势磅礴，仿佛能惊动风雨，诗篇写成后连鬼神都感动得为之哭泣。这样的才华横溢，真是世间少有。

古诗词 粗缯大布裹生涯，腹有诗书气自华。

——苏轼《和董传留别》

表述 董传虽然生活简朴，穿着粗布衣服，但他的胸中有学问，气质自然高雅不凡。这说明，真正的才华不在于外表的华丽，而在于内在的修养。

古诗词 裴生信英迈，屈起多才华。

——李白《早秋赠裴十七仲堪》

表述 裴仲堪啊，你真是英雄豪迈，才华出众。你的崛起犹如一颗璀璨的明星，让人无法忽视。你的才华和气质，都让人深感敬佩。

"心情好"用什么诗词描述?

古诗词 山寺归来闻好语,野花啼鸟亦欣然。

——苏轼《归宜兴留题竹西寺三首·其三》

表述 他从山寺归来,听到了好消息,内心的喜悦溢于言表。就连那路边的野花和啼鸟,也似乎感受到了他的好心情,仿佛在与他一同分享这份喜悦。

古诗词 白日放歌须纵酒,青春作伴好还乡。

——杜甫《闻官军收河南河北》

表述 在这晴朗的日子里,我要高声歌唱,并且畅快地饮酒,让快乐尽情释放。春光如此美好,就像我的伴侣一样,陪伴我回到那久违的家乡。

"缘分已尽"用什么诗词描述？

古诗词 昨日看花花灼灼，今朝看花花欲落。

——鲍君徽《惜花吟》

表述 昨天看那些花还如同火焰般炽热地绽放，然而，当我今天再次看到它们时，却发现它们快要凋谢了。

古诗词 惟有潜离与暗别，彼此甘心无后期。

——白居易《潜别离》

表述 只有默默地、暗暗地分别，双方才会心甘情愿地接受，不再期待有重逢的那一天。

古诗词 梦入江南烟水路。行尽江南，不与离人遇。

——晏几道《蝶恋花》

表述 我在梦中进入了江南烟雨迷蒙的水路，走遍了江南的每一寸土地，却始终没有遇见那个我思念的人。

"怀才不遇"用什么诗词描述?

古诗词 志士幽人莫怨嗟：古来材大难为用。

——杜甫《古柏行》

表述 那些有志向却未能施展才华的志士和隐士啊，请不要抱怨和哀叹，因为自古以来，才华横溢的人往往难以得到重用，这是历史的常态。

古诗词 大道如青天，我独不得出。

——李白《行路难三首·其二》

表述 长安的大道像青天一样宽广无边，而我却偏偏找不到属于自己的出路。

古诗词 不才明主弃，多病故人疏。

——孟浩然《岁暮归南山》

表述 我自认为没有才能，被圣明的君主所遗弃，又因为身体多病，与老朋友们也日渐疏远了。

妙语连珠

"希望自己有出头之日" 用什么诗词描述?

古诗词 天眼何时开，古剑庸一吼。

——李贺《赠陈商》

表述 上天的眼睛何时才能睁开，让我这把沉睡已久的古剑能够有机会怒吼一声，展现出我应有的锋芒与力量。

古诗词 我劝天公重抖擞，不拘一格降人材。

——龚自珍《己亥杂诗》

表述 我恳请上天重新振作精神，不要拘泥于固定的模式，而是要打破常规，广纳贤才，让各种类型的人才都有机会施展才华。

生活篇

"旅游时"用什么诗词描述？

古诗词 五岳寻仙不辞远，一生好入名山游。

——李白《庐山谣寄卢侍御虚舟》

表述 我为了到五岳寻访仙人，不辞辛劳地长途跋涉，因为我天生就喜欢游览那些雄伟壮丽的名山大川，感受大自然的神奇魅力。

古诗词 最爱湖东行不足，绿杨阴里白沙堤。

——白居易《钱塘湖春行》

表述 我在湖东一带漫步，总是觉得看不够那些美丽的景色。尤其是那绿杨成荫的白沙堤，更是让我流连忘返，陶醉其中。

古诗词 久在樊笼里，复得返自然。

——陶渊明《归园田居·其一》

表述 我长时间地被束缚在官场的樊笼里，现在终于有机会摆脱，重新回归到大自然的怀抱中，感受那份宁静和自由。

"潇洒惬意的生活"用什么诗词描述？

古诗词 书咄咄，且休休，一丘一壑也风流。

——辛弃疾《鹧鸪天·鹅湖归病起作》

表述 读书时常常发出愤慨之声，但如今不如就此罢休，即使只拥有一丘一壑这样的狭小天地，也自有一番潇洒自在、风流自得的情趣。

古诗词 茶一碗，酒一尊，熙熙天地一闲人。

——王柏《夜宿赤松梅师房》

表述 手捧一碗茶，身边放着一樽酒，在这熙熙攘攘的天地间，我不过是一个悠闲的过客。

古诗词 老夫惟有，醒来明月，醉后清风。

——元好问《人月圆·卜居外家东园》

表述 我这个老朽之人所拥有的，不过是清醒的时候欣赏皎洁的明月，酒醉后享受徐徐吹来的清风。

妙语连珠

"我不'卷',也不'内耗'"用什么诗词描述?

古诗词 且趁闲身未老,尽放我、些子疏狂。

——苏轼《满庭芳》

表述 趁着现在闲散之身未老,身体还健康,就让我尽情放纵一下,稍微表现出一些洒脱不羁吧。

古诗词 贪啸傲,任衰残,不妨随处一开颜。

——陆游《鹧鸪天》

表述 我贪恋那种放歌长啸、傲然自得的生活,任凭自己在这种无拘无束的生活中逐渐衰老,也不妨碍我随时随地露出笑容。

古诗词 此时情绪此时天。无事小神仙。

——周邦彦《鹤冲天·溧水长寿乡作》

表述 此时的心情就像此时的天空一样晴朗明媚,感觉自己就像天上没事可做的小神仙一样悠闲快活。

"岁月催人老"用什么诗词描述？

古诗词 吾不识青天高，黄地厚。唯见月寒日暖，来煎人寿。

——李贺《苦昼短》

表述 我不知道苍天有多高，大地有多厚，但我只看到月亮和太阳交替运行，寒暑更迭，消磨着人的年寿。

古诗词 时光只解催人老，不信多情。长恨离亭。泪滴春衫酒易醒。

——晏殊《采桑子》

表述 时光只知道不停地催促人老去，却不懂得人间的多情。在离别的长亭里，常常怀着深深的怨恨。泪水浸湿了春衫，即使借酒消愁，也容易醒来。

古诗词 光阴似箭催人老，日月如梭趱少年。

——高明《琵琶记》

表述 光阴就像射出去的箭一样快，催促着人老去；而日子则像织布机上的梭子一样快，催促着少年珍惜时光，勤奋努力。

"美好日子的流逝"用什么诗词描述？

古诗词 流光容易把人抛，红了樱桃，绿了芭蕉。

——蒋捷《一剪梅·舟过吴江》

表述 时间流逝得太快，仿佛不经意间就把人抛在了后面。樱桃由青涩变红，芭蕉由枯黄变绿，这些自然界的变化都在无声地诉说着时间的流逝和美好日子的远去。

古诗词 流水落花春去也，天上人间。

——李煜《浪淘沙令》

表述 流水带走了落花，春天也随之而去，而往昔逸乐欢笑的生活，也似流水落花一般流逝了。如今想起来恍如隔世，显得那么遥远，直如天上与人间的差别啊！

古诗词 最是人间留不住，朱颜辞镜花辞树。

——王国维《蝶恋花》

表述 世间最留不住的是那镜中一去不复返的青春容颜和离树飘零的落花，它们都会随着时光的流逝而逐渐消逝。

"活在当下"用什么诗词描述?

古诗词 人生得意须尽欢,莫使金樽空对月。

——李白《将进酒》

表述 人生得意时,应当尽情享受欢乐,不要让那装满美酒的酒杯,白白对着明亮的月亮而空置。

古诗词 满目山河空念远,落花风雨更伤春,不如怜取眼前人。

——晏殊《浣溪沙》

表述 望着眼前的山河,心中思念着远方之人,但这只是空想而已。春天里落花被风雨无情地打落,更添了我对时光流逝的伤感。与其这样,不如好好珍惜和关爱眼前的人。

古诗词 花开堪折直须折,莫待无花空折枝。

——《金缕衣》

表述 当花儿盛开可以折取的时候,就要果断地去折下它,不要等到花儿谢了,只折了一根空枝而后悔莫及。

"人生如梦"用什么诗词描述？

古诗词 毕竟几人真得鹿，不知终日梦为鱼。

——黄庭坚《杂诗七首·其一》

表述 在这人世间，究竟有多少人能够真正获得权势和富贵呢？其实，我们往往都沉浸在自己编织的梦境中，不知道自己整天都像那幻想中的鱼儿一样，在虚幻的梦境中游来游去。

古诗词 须信百年俱是梦，天地阔，且徜徉。

——邵亨贞《江城子》

表述 我们应该相信，这漫长的人生百年，终究不过是一场梦。既然天地如此广阔无垠，我们又何必为那些虚幻的烦恼所困呢？不如就在这无边的天地中，自由自在地漫步徜徉吧！

古诗词 人生如梦，一尊还酹江月。

——苏轼《念奴娇·赤壁怀古》

表述 人生就像一场梦，我还是拿起酒杯，把这一杯酒洒在江面上，祭奠江上的明月吧。

"日子过得真快"用什么诗词描述?

古诗词 白丝与红颜，相去咫尺间。

——邵谒《览镜》

表述 岁月匆匆，仿佛转眼间就完成了从年轻到年老的转变，让人不禁感叹人生易老，时光易逝。

古诗词 闲云潭影日悠悠，物换星移几度秋。

——王勃《滕王阁诗》

表述 悠闲的云彩和清澈的潭水倒映着日光，时间仿佛在这宁静的景象中悄然流逝。转眼间，星辰移位，人事变迁，不知不觉已经度过了多少个秋天。

"忙碌生活中难得的空闲时光"用什么诗词描述？

古诗词 因过竹院逢僧话，又得浮生半日闲。

——李涉《题鹤林寺僧舍》

表述 在竹林掩映的寺院旁，我偶然遇见一位僧人并与他攀谈起来，让我在忙碌的生活中找到了片刻宁静，仿佛偷得了半日闲暇。

古诗词 尘世难逢开口笑，菊花须插满头归。

——杜牧《九日齐山登高》

表述 在这个充满烦恼的尘世间，真正能够让人开怀大笑的时刻实在太少了。所以，在重阳这个节日里，一定要把菊花插满头，尽兴而归，不要因为时光的流逝而留下遗憾。

古诗词 昼短苦夜长，何不秉烛游！

——《古诗十九首·生年不满百》

表述 总是埋怨白天的时间太短，而夜晚却如此漫长。既然我们无法改变这一事实，那么为什么不点亮蜡烛，在夜晚也尽情游乐，享受生命的每一刻呢？

"享受慢节奏的生活"用什么诗词描述?

古诗词 日长睡起无情思,闲看儿童捉柳花。

——杨万里《闲居初夏午睡起二首·其一》

表述 我从午睡中醒来,感觉心情平静如水,没有过多的思绪。于是,我悠闲地坐在窗边,看着院子里的孩子们嬉戏,他们正追逐着空中飘飞的柳絮。

古诗词 游罢睡一觉,觉来茶一瓯。

——白居易《何处堪避暑》

表述 游玩归来后,我感到有些疲惫,于是悠闲地睡了一觉。醒来时,感觉精神焕发,于是泡上一杯茶,慢慢品味,享受着这份宁静与惬意。

古诗词 雨过天晴驾小船,鱼在一边,酒在一边。

——张养浩《山坡羊》

表述 雨停了,天空变得晴朗明媚。我驾着小船在水面上游玩。鱼儿在水中自由自在地游弋,而我则在船上悠闲地品着酒,感受着这份宁静与美好。

妙语连珠

"有烟火气的生活"用什么诗词描述？

古诗词 绿蚁新醅酒，红泥小火炉。晚来天欲雪，能饮一杯无？

——白居易《问刘十九》

表述 我刚刚酿好了淡绿色的米酒，还特意烧旺了那个小巧的红泥火炉。现在天色已晚，看起来很快就要下雪了，你能不能来我家，我们一起喝上一杯暖酒，驱驱寒气？

古诗词 东家娶妇，西家归女，灯火门前笑语。

——辛弃疾《鹊桥仙·己酉山行书所见》

表述 你看那东边的人家正在迎娶新娘，西边的人家在送女儿出嫁，两家的门前都灯火通明，传来了一阵阵欢声笑语，真是热闹非凡啊！

古诗词 烟柳画桥，风帘翠幕，参差十万人家。

——柳永《望海潮》

表述 雾气笼罩着的柳树，如烟似雾；装饰精美的桥梁，挡风的帘子，青绿色的帷幕，楼阁高高低低，大约有十万户人家。

"不能十全十美"用什么诗词描述？

古诗词 梅须逊雪三分白，雪却输梅一段香。

——卢钺《雪梅》

表述 梅花虽然比不上雪花那么洁白无瑕，但雪花却缺少了梅花那般独特的芬芳。

古诗词 夫尺有所短，寸有所长；物有所不足，智有所不明；数有所不逮，神有所不通。

——屈原《卜居》

表述 尺比寸长，但和比它更长的东西相比，就显得短；寸比尺短，但和比它更短的东西相比，就显得长；每个事物都有它不够完善的地方，人的智慧也有不明事理的地方；占卜的方法有它算不到的事情，神灵也有无法施展神通的地方。

古诗词 人有悲欢离合，月有阴晴圆缺，此事古难全。

——苏轼的《水调歌头》

表述 人生在世总会有悲伤、快乐、离别和团聚的不同情感经历，月亮也

有阴天、晴天、圆月和残月的变化，这些事情自古以来就难以周全、完美。

"知音难遇"用什么诗词描述？

古诗词 伶伦吹裂孤生竹，却为知音不得听。

——李商隐《钧天》

表述 伶伦（古代传说中的乐官）用尽全力吹奏笛子，甚至把孤竹制成的笛子都吹裂了，却遗憾地发现没有知音来欣赏他的音乐。

古诗词 山河不足重，重在遇知己。

——鲍溶《杂曲歌辞·壮士行》

表述 对壮士来说，壮丽的山河并不值得看重，遇到能够理解自己、赏识自己的知己比欣赏自然风光更为重要。

古诗词 欲将心事付瑶琴。知音少，弦断有谁听？

——岳飞《小重山》

表述 本想将自己的心事寄托在瑶琴上，通过弹奏表达出来。但遗憾的是，知音难觅，即使琴弦弹断了，又有谁能听懂我的心声呢？

"过年"用什么诗词描述？

古诗词 火销灯尽天明后，便是平头六十人。

——白居易《除夜》

表述 在除夕之夜，当灯火逐渐熄灭，天色开始明亮起来，新的一年也随之到来，自己也即将成为一个六十岁的老人。

古诗词 一日今年始，一年前事空。

——元稹《岁日》

表述 今天是新年的第一天，代表着新的开始和希望。而过去一年里所经历的一切，无论是快乐还是悲伤，都已经成为过去，成了空幻的记忆。

古诗词 故乡今夜思千里，霜鬓明朝又一年。

——高适《除夜作》

表述 除夕之夜，故乡的亲人思念着我这个千里之外的游子。想到明天就是新的一年了，而我的鬓发也已经斑白，不禁感叹岁月的无情和人生的短暂。

"你看到的可能只是一个片面"用什么诗词描述？

古诗词 横看成岭侧成峰，远近高低各不同。　　——苏轼《题西林壁》

表述 当你从正面看庐山时，它像连绵不绝的山岭；而当你从侧面看时，它又变成了高耸入云的山峰。无论你站在远处、近处，还是从高处、低处看，庐山都是不同的样子。

古诗词 欲穷千里目，更上一层楼。　　——王之涣《登鹳雀楼》

表述 如果你想看到更远处的风景，欣赏到更广阔的风光，就要再登上一层楼。

"格局"用什么诗词描述？

古诗词 寂寥天地暮，心与广川闲。　　——王维《登河北城楼作》

表述 在苍茫的暮色中，天地显得如此寂寥而广阔，此时我的心境也变得

开阔起来，如同那宽广的河流一样闲适、宁静。

古诗词 生当作人杰，死亦为鬼雄。　　　　　——李清照《夏日绝句》

表述 活着的时候，就应该立志成为人群中的佼佼者，展现出非凡的才华和勇气；即使死后，也要成为鬼魂中的豪杰，让自己的英名永垂不朽。

古诗词 黄河落天走东海，万里写入胸怀间。　　　——李白《赠裴十四》

表述 黄河之水从西部高原落下，奔腾不息地流向东海，那壮观的景象仿佛都被裴十四那宽广无边的胸怀所容纳。

"做没有用的事"用什么诗词描述？

古诗词 可怜夜半虚前席，不问苍生问鬼神。　　　——李商隐《贾生》

表述 真是可惜啊，汉文帝召见贾谊，两人谈话至深夜，汉文帝不知不觉地向前移动坐席，靠近贾谊，但问的却不是老百姓的疾苦和生计，而是鬼神之事。

妙语连珠

古诗词 鬓毛不觉白毵毵，一事无成百不堪。　　——白居易《除夜寄微之》

表述 在不知不觉中，我的鬓发已经变得花白稀疏，而自己却一事无成，感觉自己百无一用。

"不劳而获"用什么诗词描述？

古诗词 十指不沾泥，鳞鳞居大厦。　　——梅尧臣《陶者》

表述 那些富贵人家的人，他们的手指连泥土都不沾一下，却能够居住在装饰着像鱼鳞一样整齐排列的瓦片的高楼大厦中。

古诗词 苦恨年年压金线，为他人作嫁衣裳。　　——秦韬玉《贫女》

表述 我非常懊恼，因为每年我都在辛苦地用金线刺绣，却只能为富贵人家的小姐做出嫁的衣裳，而不是为我自己。

古诗词 遍身罗绮者，不是养蚕人。　　——张俞《蚕妇》

表述 那些浑身上下穿着绫罗绸缎的富人，他们竟然没有一个是辛苦养蚕的人！

"人生无常，聚散不定"用什么诗词描述？

古诗词 往来千里路长在，聚散十年人不同。　　——韦庄《关河道中》

表述 人们在千里之遥的路途上来来往往，而这条路却长久地存在着；人的聚散离合却变化无常，十年过去了，人们已不再是当初的模样。

古诗词 今年花胜去年红，可惜明年花更好，知与谁同？

——欧阳修《浪淘沙》

表述 今年的花儿比去年的更加鲜艳美丽，但可惜的是，明年的花儿会更加美好，却不知道我们到时候还能不能一起观赏呢？

古诗词 人生天地间，忽如远行客。　　——《古诗十九首·青青陵上柏》

表述 人生在世就像远行的旅客一样，匆匆而来，匆匆而去。

"向往自由"用什么诗词描述?

古诗词 花满渚,酒满瓯,万顷波中得自由。

——李煜《渔父》

表述 在那鲜花盛开的小洲上,渔父手捧着满杯的美酒,他置身于广阔的江河之中,仿佛整个世界都与他无关,只有此刻的自在与自由。

古诗词 晚年唯好静,万事不关心。

——王维《酬张少府》

表述 到了晚年,我只喜欢安静的状态,对世间的纷纷扰扰、名利得失都已经不再关心。

古诗词 夜阑风静縠纹平。小舟从此逝,江海寄余生。

——苏轼《临江仙·夜归临皋》

表述 当夜深人静、风平浪静的时候,我乘着一叶小舟悄然离去。从此,我打算在浩瀚的江海之间漂泊,把余生都寄托在这无边的自由之中。

"旧地重游"用什么诗词描述?

古诗词 七八个星天外,两三点雨山前。旧时茅店社林边,路转溪桥忽见。
——辛弃疾《西江月·夜行黄沙道中》

表述 在夜晚的天空中,稀疏地点缀着几颗星星,山前偶尔飘洒着几滴细雨。那座熟悉的茅草盖的小客店还在土地庙附近的树林旁,绕过溪水桥,它就忽然出现在了我的眼前。

古诗词 近乡情更怯,不敢问来人。
——宋之问《渡汉江》

表述 越来越接近故乡的时候,我的内心却变得越来越忐忑不安。我不敢向从家乡那边过来的人打听消息,怕听到什么不好的消息。

古诗词 重过阊门万事非,同来何事不同归?
——贺铸《鹧鸪天》

表述 当我再次来到苏州时,我发现一切都已改变,我不禁想起曾经与我同来的妻子,她为何不能与我一同回去呢?

"歌好听"用什么诗词描述？

古诗词 嘈嘈切切错杂弹，大珠小珠落玉盘。

——白居易《琵琶行》

表述 琵琶声错落有致地响起，就像大大小小的珍珠落在玉盘上一样，发出清脆悦耳的声音。

古诗词 此曲只应天上有，人间能得几回闻。

——杜甫《赠花卿》

表述 这样的乐曲真是太美妙了，只应该在天上才有，人世间的芸芸众生能够听到几回呢？

古诗词 高歌谁和余？空谷清音起。非鬼亦非仙，一曲桃花水。

——辛弃疾《生查子·独游雨岩》

表述 我在空谷中高声歌唱，可是谁来应和我呢？就在这时，空寂的山谷中传来一阵清脆的声音，这歌声既不是鬼神的阴森神秘，也不是仙人的超凡脱俗，而是如同桃花水般柔美的歌曲，婉转悠扬，清澈动人。

"不知道是在天上还是人间"用什么诗词描述？

古诗词 醉后不知天在水，满船清梦压星河。

——唐珙《题龙阳县青草湖》

表述 我喝醉了之后，仿佛置身于一个奇妙的幻境，分辨不清是天上的星辰倒映在水中，还是自己乘坐的小船正漂浮在璀璨的星河之上。满船的梦境就像压在了闪烁的星河之上一样。

古诗词 青天有月来几时？我今停杯一问之。人攀明月不可得，月行却与人相随。

——李白《把酒问月·故人贾淳令予问之》

表述 我举杯对着青天发问，这月亮是从何时开始存在的呢？我试图去攀登那轮明月，但终究无法实现，然而无论我走到哪里，月亮都默默地跟随着我。

古诗词 溪边照影行，天在清溪底。天上有行云，人在行云里。

——辛弃疾《生查子·独游雨岩》

表述 我独自在溪边行走，溪水清澈透明，就像一面镜子一样映照出我的

身影。我低头望去，天空仿佛就在清溪的底部。而天上的行云也在水中游动，我仿佛置身于那飘荡的云朵之中。

"禁得住诱惑"用什么诗词描述？

古诗词 与其无义而有名兮，宁穷处而守高。

——宋玉《楚辞·九辩》

表述 与其没有道义获取名誉，我宁愿在贫困中坚守我的高尚品德和原则，不被世俗的诱惑所动摇。

古诗词 千磨万击还坚劲，任尔东西南北风。

——郑燮《竹石》

表述 无论遭受多少次磨难和打击，我依然保持着坚韧不拔的毅力，任凭你从哪个方向吹来狂风，都无法动摇我坚定的决心和信念。

古诗词 拣尽寒枝不肯栖，寂寞沙洲冷。

——苏轼《卜算子·黄州定慧院寓居作》

表述 一只孤鸿挑遍了所有的寒枝，却没有找到一处愿意栖息的地方，宁愿停歇在荒凉寂寞的沙洲上忍受寒冷。

"不忘初心"用什么诗词描述？

古诗词 铁可折，玉可碎，海可枯。不论穷达生死，直节贯殊途。

——汪莘《水调歌头》

表述 铁可以被折断，玉可以被摔碎，海也可以干枯。但不管我们是贫穷还是显达，是生还是死，无论人生的道路如何不同，都要保持正直的节操。

古诗词 洛阳亲友如相问，一片冰心在玉壶。

——王昌龄《芙蓉楼送辛渐》

表述 如果洛阳的亲朋好友问起我的近况，你就告诉他们，我的心仍像那装在玉壶中的冰块一样纯洁。

古诗词 落红不是无情物，化作春泥更护花。

——龚自珍《己亥杂诗》

表述 落花并不是无情的,它们即使落入了土地,化作春天的泥土,也要为养护来年新生的花朵尽一份力量。

"我们再难相聚了"用什么诗词描述?

古诗词 明日隔山岳,世事两茫茫。

——杜甫《赠卫八处士》

表述 明天我们就要分别,各自走向不同的道路,仿佛被重重山岳隔开。从此以后,世事难料,不知未来会怎样。

古诗词 独自莫凭栏,无限江山,别时容易见时难。

——李煜《浪淘沙令》

表述 一个人不要独自倚靠在栏杆上远眺,因为想到旧时拥有的无限江山,心中便会泛起无限伤感,但离别时容易,再要见到它却难上加难。

古诗词 相见时难别亦难,东风无力百花残。

——李商隐《无题》

生活篇

> **表述** 见面的机会真是难得，分别时更是难舍难分，更何况现在正值东风将尽的暮春时节，百花凋零，更增添了一份凄凉和伤感。

"你在我眼里最特别"用什么诗词描述？

> **古诗词** 曾经沧海难为水，除却巫山不是云。
>
> ——元稹《离思五首·其四》

> **表述** 曾经见识过无比深广的沧海，所以别处的水都难以再吸引我；除了云蒸霞蔚的巫山之云，其他地方的云都显得黯然失色。

> **古诗词** 众里寻他千百度，蓦然回首，那人却在，灯火阑珊处。
>
> ——辛弃疾《青玉案·元夕》

> **表述** 我在人群中到处寻找他，找了千百次都没有找到。就在我感到失望的时候，偶然不经心地一回头，却发现他就在那灯火稀少的地方静静地站着。

> **古诗词** 任凭弱水三千，我只取一瓢饮。
>
> ——《红楼梦》

妙语连珠

表述 即使面前有再多的水，我也只会选择其中的一部分来满足我的需求，不会贪心地全部取走。

"追求梦想"用什么诗词描述？

古诗词 路漫漫其修远兮，吾将上下而求索。

——屈原《离骚》

表述 在追求理想的道路上，前方的路途既漫长又遥远，但我不会放弃，我会一直努力向前，坚持不懈地追求和探索。

古诗词 壮心未与年俱老，死去犹能作鬼雄。

——陆游《书愤二首·其一》

表述 我的雄心壮志并没有随着岁月的流逝而消失，即使将来我死了，我的灵魂也会保持那份英勇和坚定，在九泉之下保持着豪迈的气概。

古诗词 俱怀逸兴壮思飞，欲上青天揽明月。

——李白《宣州谢朓楼饯别校书叔云》

表述 我们都满怀飘逸豪放的意兴和豪壮的情思，就像想要飞到天上，亲手摘取那轮高悬在青天之上的明月一样。

"追求完美"用什么诗词描述？

古诗词 为人性僻耽佳句，语不惊人死不休。

——杜甫《江上值水如海势聊短述》

表述 我这人天生性格孤僻，喜欢沉迷于优美的诗句。如果我写出的诗句不能令人惊叹，那么我是死也不肯罢休的。

古诗词 如切如磋，如琢如磨。

——《诗经·卫风·淇奥》

表述 加工象牙时，要不断地切磋使其更加光滑；雕琢玉石时，要反复打磨使其更加精美，只有不断地切磋琢磨、精益求精，才能不断地提升自我，达到更高的境界。

"随遇而安"用什么诗词描述？

古诗词 回首向来萧瑟处，归去，也无风雨也无晴。

——苏轼《定风波》

表述 当我回望过去那些充满风雨和坎坷的日子，我已经能够坦然地面对，不再为那些经历而烦恼。无论是风雨还是晴天，都已经成为过去，我不再被外界的环境所左右。

古诗词 宠辱不惊，看庭前花开花落；去留无意，望天上云卷云舒。

——洪应明《菜根谭》

表述 无论是受到宠爱还是受到侮辱，我都能保持内心的平静，就像观看庭院前花朵的盛开与凋落一样自然；对于个人的得失，我也毫不在意，只是悠然地仰望着天空中云朵的卷曲与舒展。

古诗词 行到水穷处，坐看云起时。

——王维《终南别业》

表述 随意漫步，不知不觉间竟然走到了水流的尽头；这时，我索性就地坐了下来，悠闲地欣赏天空中缓缓升起的云朵。

情感篇

"爱而不得"用什么诗词描述？

古诗词 我有所念人，隔在远远乡。我有所感事，结在深深肠。

——白居易《夜雨》

表述 我的心中有个深深思念的人，可这人却远在遥远的他乡，难以相见。我心中有着一些令我感触深刻的事情，都深深地埋在我的内心深处。

古诗词 自是荷花开较晚，孤负东风。

——幼卿《浪淘沙》

表述 荷花开得较晚，白白辜负了东风的情意。荷花没能在东风轻拂的美好时节绽放，就如同人错过了某些重要的人生际遇，令人感到遗憾和失落。

古诗词 若是前生未有缘，待重结、来生愿。

——乐婉《卜算子·答施》

表述 有情人成不了眷属，莫非果真是前世无缘？如果我们前世没有缘分，那就让我们期待来生来世再结为夫妻吧！

"对爱情的坚持"用什么诗词描述？

古诗词 人生有新故，贵贱不相逾。

——辛延年《羽林郎》

表述 在人生的旅途中，我们会经历许多新旧更替的事情，会遇到新交和故友，无论是社会地位的上升还是下降，我对你的感情都不会因此而改变。

古诗词 天不老，情难绝。心似双丝网，中有千千结。

——张先《千秋岁》

表述 只要天地不衰老，我们的爱情就不会断绝。我的心就像那双重的丝网中间的千千万万个情结，代表着我对你的深情厚意。

古诗词 宁作野中之双凫，不愿云间之别鹤。

——鲍照《拟行路难十八首》

表述 我宁愿像野鸭一样在野外成双成对，也不愿像离别的鹤一样，在天空中孤独飞翔。

妙语连珠

"相思苦"用什么诗词描述？

古诗词 入我相思门，知我相思苦，长相思兮长相忆，短相思兮无穷极。

——李白《三五七言》

表述 只有真正思念过他人的人，才能感受到相思带来的痛苦。长时间的相思让我无时无刻不在思念和回忆，而短暂的相思，也会让我陷入无尽的痛苦，难以自拔。

古诗词 从别后，忆相逢。几回魂梦与君同。

——晏几道《鹧鸪天》

表述 自从我们分别之后，我就时常回忆起我们曾经相逢时的美好时光。多少次在梦中与你相见，仿佛又回到了那些快乐的日子。

古诗词 春未绿，鬓先丝。人间别久不成悲。

——姜夔《鹧鸪天·元夕有所梦》

表述 春天还没有到来，我的鬓发却已经斑白。长时间的离别已经让我对悲伤变得麻木，但相思之情却仍然萦绕在我的心头。

"思念已故的人"用什么诗词描述?

古诗词 十年生死两茫茫,不思量,自难忘。千里孤坟,无处话凄凉。

——苏轼《江城子·乙卯正月二十日夜记梦》

表述 你我夫妻诀别已经整整十年,虽然努力不去思念你,但终究还是难以忘怀。你的孤坟远在千里之外,我在这世间又向谁去诉说心中的凄凉呢?

古诗词 方将携手以偕老,不知中路之云诀。

——韦应物《元苹墓志》

表述 我们本打算携手相伴,共度余生,白头偕老,却没想到在人生中途就突然与你诀别分离了。

古诗词 君埋泉下泥销骨,我寄人间雪满头。

——白居易《梦微之》

表述 你在黄泉之下,泥土侵蚀着你的身体,也许早已化为泥沙;而我如今虽寄居在人间,却也是白发苍苍。

"思念友人"用什么诗词描述?

古诗词 今夜月明人尽望,不知秋思落谁家。

——王建《十五夜望月寄杜郎中》

表述 在这个明月高悬的中秋之夜,人们极目眺望远方。然而,我的心中却充满了对友人的深深思念,不知道这份秋思之情究竟会落在谁那里呢?

古诗词 桃李春风一杯酒,江湖夜雨十年灯。

——黄庭坚《寄黄几复》

表述 回想起当年我们在春风中欣赏桃李,共饮美酒的美好时光,那是何等欢畅。现在却各自漂泊在江湖上整整十年,每逢夜雨,只能独自面对孤灯,思念对方。

古诗词 故人入我梦,明我长相忆。

——杜甫《梦李白二首·其一》

表述 老朋友啊,你忽然来到了我的梦里,这让我知道,你一直在我心中,我也一直在思念着你。

"思念家乡" 用什么诗词描述？

古诗词 一声梧叶一声秋，一点芭蕉一点愁，三更归梦三更后。

——徐再思《水仙子·夜雨》

表述 每当听到梧桐叶上落下的每一滴雨声，都让人心生秋意。芭蕉叶上的雨滴更是点点滴滴，使人听了格外忧愁。直到深夜三更，我才在梦中回到了家乡，然而梦醒之后，依然身处异乡。

古诗词 风一更，雪一更，聒碎乡心梦不成，故园无此声。

——纳兰性德《长相思》

表述 在风雪中行进，挨过了一更又一更，风雪的声音嘈杂得让人无法入睡。我思念着家乡，却在这风雪声中无法入梦。在我的故乡，是没有这样嘈杂的风雪声的。

古诗词 一叫一回肠一断，三春三月忆三巴。

——李白《宣城见杜鹃花》

表述 每当听到杜鹃鸟哀婉的啼叫，我的心就像被撕裂一样疼痛。在这美好的阳春三月，我更加思念我的家乡——三巴。

"友人送别"用什么诗词描述？

古诗词 山中相送罢，日暮掩柴扉。春草明年绿，王孙归不归？

——王维《送别》

表述 在山中与朋友告别之后，太阳快要落山了，我关上了柴门准备回家。明年春天，这里的青草又将变得翠绿如茵，但我的朋友啊，你还会不会回来呢？

古诗词 水是眼波横，山是眉峰聚。欲问行人去那边？眉眼盈盈处。

——王观《卜算子·送鲍浩然之浙东》

表述 流水就像流动的眼波，远山就像聚拢的眉峰。试问行人要去哪里？到那山水眉眼交汇之处。

古诗词 请君试问东流水，别意与之谁短长？

——李白《金陵酒肆留别》

表述 请你问问那东流的江水，离别的情意和它相比，到底谁短谁长？

"睹物思人"用什么诗词描述?

古诗词 今年元夜时,月与灯依旧。不见去年人,泪湿春衫袖。

——欧阳修《生查子·元夕》

表述 今年的元宵佳节,月光和灯光都还和去年一样明亮而美好。然而,却看不到去年与我共度佳节的那个人了。想到这里,我不禁泪流满面,泪水沾湿了春衫的衣袖。

古诗词 去年花里逢君别,今日花开又一年。

——韦应物《寄李儋元锡》

表述 去年在花开的时候与你相逢而又分别,今天花儿又开了,但已经过了整整一年,我们却未能重逢。

古诗词 碧野朱桥当日事,人不见,水空流。

——秦观《江城子》

表述 绿色的原野,红色的小桥,这是我们当年离别时的情景。如今,你已经不在这里了,只有河水在独自流淌。

妙语连珠

"别离前的赠言"用什么诗词描述？

古诗词 莫愁前路无知己，天下谁人不识君。

——高适《别董大》

表述 你即将踏上远行的道路，请不要担忧前路茫茫，没有懂你、欣赏你的人。以你的才华和名声，这世间又有谁不认识你呢？

古诗词 大鹏一日同风起，扶摇直上九万里。

——李白《上李邕》

表述 总有一天，我会像大鹏鸟一样，乘着东风，展翅高飞，直冲云霄，扶摇而上九万里高空。

古诗词 海内存知己，天涯若比邻。

——王勃《送杜少府之任蜀州》

表述 只要我们心中有彼此，即使相隔千山万水，也如同近邻一样亲近。

"相见不相识"用什么诗词描述？

古诗词 纵使相逢应不识，尘满面，鬓如霜。

——苏轼的《江城子·乙卯正月二十日夜记梦》

表述 即使我们有机会再次相遇，你也可能认不出我来了。因为我已经被岁月的风霜侵蚀，容颜老去，脸上满是灰尘，鬓角的头发也已经斑白如霜。

古诗词 侯门一入深如海，从此萧郎是路人。

——崔郊《赠去婢》

表述 一旦进入侯门贵族的深宅大院，就如同掉进了深不见底的大海，从此之后，我与萧郎就成了陌路之人，再也无法相见，更无法相认。

古诗词 一生一代一双人，争教两处销魂。相思相望不相亲，天为谁春？

——纳兰性德《画堂春》

表述 我们本应是一生一世相守的一对恋人，为何现在却两地分离，饱受相思之苦，各自销魂落魄呢？我们虽然相互思念、相互遥望，却无法亲近。看着一年又一年的春色，真不知这春天是为谁而来的。

"久别重逢"用什么诗词描述？

古诗词 正是江南好风景，落花时节又逢君。

——杜甫《江南逢李龟年》

表述 如今正值江南风景如画的美好时节，在这落花纷飞的暮春时节，我与你再次相遇。

古诗词 浮云一别后，流水十年间。欢笑情如旧，萧疏鬓已斑。

——韦应物《淮上喜会梁州故人》

表述 自从上次分别后，我们就像浮云一样各自飘散。时光如流水，转眼间已经过去了十年。再次相见，虽然我们的鬓发已经斑白稀疏，但我们依然像从前一样欢笑，情感还像过去一样真挚。

古诗词 金风玉露一相逢，便胜却人间无数。

——秦观《鹊桥仙》

表述 在秋风白露的七夕时节，牛郎织女在鹊桥上相会。他们这一瞬间的相逢，就胜过人间那些长相厮守却貌合神离的夫妻无数次的相聚。

"放下过去"用什么诗词描述？

古诗词 休对故人思故国，且将新火试新茶。诗酒趁年华。

——苏轼《望江南·超然台作》

表述 别再在老朋友面前思念故乡了，姑且点燃新火来烹煮刚采摘的新茶吧。趁着年华尚在，尽情享受作诗与饮酒的乐趣吧。

古诗词 沉舟侧畔千帆过，病树前头万木春。

——刘禹锡《酬乐天扬州初逢席上见赠》

表述 沉没的船只旁边有成千上万的船只驶过，枯萎的树木前面也有无数新的树木在竞相生长。

古诗词 若无闲事挂心头，便是人间好时节。

——无门慧开禅师《颂平常心是道》

表述 如果心中没有什么闲事牵挂，那么每一天都是人间的好时节。

"认识你很高兴"用什么诗词描述?

古诗词 邂逅得君还恨晚,能明吾意久无人。

——王安石《次韵吴季野再见寄》

表述 与你偶然相遇,却遗憾我们相识得太晚;长久以来,我一直觉得没有人能真正理解我,直到遇见了你。

古诗词 与君初相识,犹如故人归。

——杜牧《会友》

表述 和你初次见面的时候,我就感觉特别亲切,就像见到了久别重逢的老朋友一样。

古诗词 相逢意气为君饮,系马高楼垂柳边。

——王维《少年行四首·其一》

表述 我们相逢时志同道合,意气相投,为了表达对你的敬意和与你相识的喜悦,我特地为你痛饮一番,然后将我们的坐骑系在酒楼下的那棵垂柳边。

"漂泊在外"用什么诗词描述？

古诗词 万里悲秋常作客，百年多病独登台。

——杜甫《登高》

表述 我漂泊在离家万里的地方，每到秋天就感到无尽的悲伤，仿佛自己永远是个漂泊的客人。如今我年老多病，身体日渐衰弱，却只能独自登上高台，望着远方的家乡。

古诗词 夕阳西下，断肠人在天涯。

——马致远《天净沙·秋思》

表述 夕阳渐渐西沉，余晖洒在荒凉的道路上，那漂泊在天涯的游子，不知何方才是归宿，心中充满了思乡的孤独和哀伤。

古诗词 共看明月应垂泪，一夜乡心五处同。

——白居易《望月有感》

表述 我们兄弟姐妹五人虽然分散在各地，但当我们共同仰望天上的那轮明月时，想必都会因思念家乡而伤心落泪吧。

妙语连珠

"借酒消愁"用什么诗词描述？

古诗词 今朝有酒今朝醉，明日愁来明日愁。

——罗隐《自遣》

表述 今天有酒，就痛痛快快地喝个酩酊大醉；明天的忧愁，等明天来了再去烦恼吧。

古诗词 我有一瓢酒，可以慰风尘。

——韦应物《简卢陟》

表述 我手里有一瓢酒，可以用来慰藉奔波劳累的生活。

古诗词 花间一壶酒，独酌无相亲。举杯邀明月，对影成三人。

——李白《月下独酌四首·其一》

表述 在这花丛之中，我摆放了一壶美酒，自斟自饮，身边没有一个亲朋好友。于是我举起酒杯，邀请天上的明月一同饮酒，再加上我的影子，就成了三个人。

"看破红尘"用什么诗词描述？

古诗词 窗外尘尘事，窗中梦梦身。既知身是梦，一任事如尘。

——范成大《十月二十六日三偈》

表述 窗外的世事如同尘埃一般，纷繁复杂且变幻莫测，而窗内的我却像活在梦中一样。既然已经明白人生如梦，短暂而虚幻，那么不如把世间的一切纷扰都看作尘埃，任由它们随风飘散，不再挂怀。

古诗词 隔断红尘三十里，白云红叶两悠悠。

——朱熹《秋月》

表述 这幽静的秋色仿佛将人世间的纷扰隔绝在了三十里之外，空中的白云和山中的红叶都显得那么悠闲自在。

古诗词 菩提本无树，明镜亦非台。本来无一物，何处惹尘埃。

——禅宗六祖慧能大师《菩提偈》

表述 菩提树并不是真实存在的树，明镜台也不是真实存在的台。从本质上看，一切都是空无的，没有实体存在，因此也就无法沾染尘埃。

"抛却烦恼"用什么诗词描述？

古诗词 十年踪迹走红尘，回首青山入梦频。

——陈抟《归隐》

表述 十年来，我一直在俗世中奔波忙碌，走过了很多地方。每当我回首往事，那些世俗的纷扰仿佛都已远去，只有当年隐居的青山云岭时常出现在我的梦中。

古诗词 万般希望不如休。无来求不得，有后不须求。

——吕希纯《临江仙》

表述 许多的希望和期盼，到头来都不如放下。对于那些注定不会到来的东西，即使追求也得不到；而对于那些已经拥有的，则无须再去追求。

古诗词 人生事，清风一枕，浊酒千杯。

——徐石麒《八声甘州·乞痴》

表述 人生在世，不必过于执着于纷繁复杂的事物，只需以清风为枕，宁静入眠，以浊酒为友，畅饮千杯，享受简单而自在的生活。

"离别苦" 用什么诗词描述？

古诗词 多情自古伤离别，更那堪、冷落清秋节！

——柳永《雨霖铃》

表述 自古以来，多情的人总是为离别而伤感，更何况是在这冷清萧瑟的秋天呢！这种离别的痛苦，又怎能让人承受得了！

古诗词 剪不断，理还乱，是离愁。别是一般滋味在心头。

——李煜《相见欢》

表述 离别的愁绪就像一团乱麻，剪也剪不断，理也理不清。它缠绕在我的心头，让我感受到一种说不出来的滋味，这种滋味难以言喻，只有经历过离别的人才能深深体会。

古诗词 若教眼底无离恨，不信人间有白头。肠已断，泪难收。相思重上小红楼。

——辛弃疾《鹧鸪天·代人赋》

表述 如果没有眼前的离别之苦，我就不会相信人间还有因相思而白头的人。我的肝肠已经寸断，泪水难以收回。相思之情无法抑制，我再次登上

妙语连珠

小红楼，试图重温旧梦。

"异地恋"用什么诗词描述？

古诗词 愿作远方兽，步步比肩行。愿作深山木，枝枝连理生。

——白居易《长相思》

表述 我希望能化作远方的兽，与你并肩行走，步步相随；或者成为深山中的树木，与你枝叶相连，共同生长，永不分离。

古诗词 南风知我意，吹梦到西洲。

——佚名《西洲曲》

表述 南风仿佛知道我的心意，它轻轻吹拂，将我的梦吹到了遥远的西洲，让我在那里与恋人相会。

"暗恋"用什么诗词描述?

古诗词 落花如有意,来去逐船流。

——储光羲《江南曲四首·其三》

表述 如果落花也有情意的话,它就会随着来回的船只,在水面上追逐流淌。

古诗词 两相思,两不知。

——鲍照《代春日行》

表述 两个人彼此思念,却又都不清楚对方的心意。

古诗词 山有木兮木有枝,心悦君兮君不知。

——佚名《越人歌》

表述 山上有树,树上有枝条;我心里喜欢你,你却不知道。

妙语连珠

"分手"用什么诗词描述？

古诗词 锦水汤汤，与君长诀！

——卓文君《诀别书》

表述 面对这浩浩荡荡、奔流不息的锦江水，我向你发誓，从今往后我们永远分离，不再相见！

古诗词 从今以往，勿复相思，相思与君绝！

——佚名《有所思》

表述 从今以后，不要再彼此思念了，我们的相思之情到此为止，我们断绝关系吧。

古诗词 我断不思量，你莫思量我。将你从前与我心，付与他人可。

——谢直《卜算子·赠妓》

表述 我以后肯定不会再去想你了，你也别再来想我了。过去你对我的那一番心意，你可以把它送给别人了。

"孤独"用什么诗词描述？

古诗词 千山鸟飞绝，万径人踪灭。孤舟蓑笠翁，独钓寒江雪。

——柳宗元《江雪》

表述 所有的山上都没有鸟儿的身影，所有的道路上都看不到人的踪迹。只有一只小船，上面坐着一个披着蓑衣、戴着斗笠的老翁。他独自在寒冷的江面上垂钓，周围是皑皑的白雪。

古诗词 飘飘何所似，天地一沙鸥。

——杜甫《旅夜书怀》

表述 如今我四处漂泊像什么呢？就像天地间的一只孤零零的沙鸥。

古诗词 前不见古人，后不见来者。念天地之悠悠，独怆然而涕下。

——陈子昂《登幽州台歌》

表述 往前看，我看不到古代礼贤下士的圣君；往后看，我也看不到后世求才的明君。想到天地的广阔无垠，我独自感到悲伤，泪水不自觉地流了下来。

"等待"用什么诗词描述？

古诗词 有约不来过夜半，闲敲棋子落灯花。

——赵师秀《约客》

表述 我和朋友约好了见面的时间，但他却迟迟没有出现，已经过了半夜了。我无聊地敲打着棋子，以至于灯芯燃尽，结出的灯花都被震落了。

古诗词 生当复来归，死当长相思。

——苏武《留别妻》

表述 如果有幸活下来，我一定会回来与你团聚；如果不幸死了，我也会永远思念你，这份情感不会改变。

古诗词 落日斜，秋风冷。今夜故人来不来？教人立尽梧桐影。

——吕岩《梧桐影》

表述 夕阳已经西斜，眼看着就要下山了，秋风一阵阵袭来，带来阵阵寒意。今天晚上，老朋友会不会来呢？我站在梧桐树下，一直等到它的影子都渐渐消失，还不见他的身影。

"遗憾"用什么诗词描述？

古诗词 此情可待成追忆，只是当时已惘然。

——李商隐《锦瑟》

表述 此情此景岂止今天才追忆，在当时就已使人不胜怅然。

古诗词 天长地久有时尽，此恨绵绵无绝期。

——白居易《长恨歌》

表述 即便是像天地那样永恒的存在，也总有穷尽的时候；然而，这份遗憾和悔恨却如同绵延不绝的流水，永远没有停止的时候。

古诗词 死去元知万事空，但悲不见九州同。

——陆游《示儿》

表述 我本来就知道，当我死后，尘世间的一切都将与我无关；但唯一让我感到悲痛的是，我没能亲眼看到国家统一的那一天。

妙语连珠

"后悔"用什么诗词描述？

古诗词 当年不肯嫁春风，无端却被秋风误。

——贺铸《踏莎行》

表述 当年那朵荷花不肯让春风吹拂，深秋时节却无缘无故地被秋风扫落，在秋风中受尽凄凉。

古诗词 早知如此绊人心，何如当初莫相识。

——李白《三五七言·秋风词》

表述 早知道这份情感会如此牵绊我的心，还不如当初就不认识你。

古诗词 黑发不知勤学早，白首方悔读书迟。

——颜真卿《劝学》

表述 年轻时不知道要早起勤奋学习，到老了才后悔当初读书少就太迟了。

"失望"用什么诗词描述？

古诗词 欲就麻姑买沧海，一杯春露冷如冰。

——李商隐《谒山》

表述 我本想向麻姑买下那浩瀚无垠的沧海之水，结果却只得到了一杯冰冷如霜的春露。

古诗词 等闲变却故人心，却道故人心易变。

——纳兰性德《木兰花·拟古决绝词柬友》

表述 朋友轻易地改变了对我的情谊，却还反过来埋怨说人心本来就是容易变的。

古诗词 春心莫共花争发，一寸相思一寸灰！

——李商隐《无题四首·其二》

表述 美好的爱情千万不要与春花竞放争荣，因为有多少相思，便会化作多少灰烬！

妙语连珠

"得意"用什么诗词描述？

古诗词 春风得意马蹄疾，一日看尽长安花。　　——孟郊的《登科后》

表述 在春风的吹拂下，我骑着骏马得意扬扬地奔驰，就好像用一天的时间，就可以看遍长安城内所有繁花似锦的美景。

古诗词 仰天大笑出门去，我辈岂是蓬蒿人。

——李白《南陵别儿童入京》

表述 我仰面朝天，纵声大笑着走出家门，我们这些人，怎么能是那些长期生活在乡野里、没有远大志向的普通人呢？

"失眠"用什么诗词描述？

古诗词 无奈夜长人不寐，数声和月到帘栊。

——李煜《捣练子》

情感篇

表述 无奈这漫长的夜晚我难以入眠，只能听着远处传来的几声砧声，和着月光穿进帘栊，让人愁思百结。

古诗词 梧桐树，三更雨，不道离情正苦。一叶叶，一声声，空阶滴到明。
——温庭筠《更漏子》

表述 梧桐树正淋着三更的冷雨，却全然不顾我内心的离愁别绪。那雨滴一滴滴地落在梧桐叶上，又滴落在无人的台阶上，直到天明也没有停止。

古诗词 月落乌啼霜满天，江枫渔火对愁眠。 ——张继《枫桥夜泊》

表述 月亮已经落下了，乌鸦在夜空中啼叫着，清冷的寒气弥漫开来，覆盖了整个夜空。江边的枫树在夜色中若隐若现，渔船上点点的灯火在夜色中闪烁。我满怀愁绪，难以入眠。

"无奈"用什么诗词描述？

古诗词 林花谢了春红，太匆匆。无奈朝来寒雨晚来风。
——李煜《相见欢》

表述 树林间姹紫嫣红的花儿转眼已经凋谢，春光匆匆流逝，实在令人惋惜。早晨有寒冷的雨，傍晚又刮起冷风，花儿怎能经得起那凄风寒雨昼夜摧残呢，真是让人无可奈何。

古诗词 两情若是久长时，又岂在朝朝暮暮。

——秦观《鹊桥仙》

表述 如果两个人的感情是长久而深厚的，那么又何必在意每天是否朝夕相伴呢？

古诗词 人生无奈别离何。夜长嫌梦短，泪少怕愁多。

——晁冲之《临江仙》

表述 人生中总是充满了无奈的别离，夜晚漫长却嫌梦境太短，无法与心爱的人在梦中长久相聚；泪水虽少却怕愁绪更多，因为每一次的别离都让人心痛不已。

"忧愁"用什么诗词描述？

古诗词 莫道不销魂，帘卷西风，人比黄花瘦。

——李清照《醉花阴》

表述 不要说离别不让人伤神，看那秋风卷起珠帘，帘内的人比那秋风里的菊花还要消瘦。

古诗词 问君能有几多愁？恰似一江春水向东流。

——李煜《虞美人》

表述 你问我心中藏着多少忧愁？我心中的忧愁就像那绵延不绝的春江之水，滔滔不绝地向着东方流去，仿佛永无止境。

古诗词 是他春带愁来，春归何处？却不解、带将愁去。

——辛弃疾《祝英台近·晚春》

表述 春天啊，是你带来了这满心的忧愁，可当你悄然离去时，你又去了哪里？为何你带走了万物的生机，却唯独留下了我心中的那份愁绪，不肯带走？

"母爱"用什么诗词描述？

古诗词 爱子心无尽，归家喜及辰。　　　　——蒋士铨《岁暮到家》

表述 母亲对子女的爱是无穷无尽的。每当孩子们在年末的时候回到家中，母亲总是满心欢喜，所有的等待和期盼都在这一刻得到了满足。

古诗词 辛勤三十日，母瘦雏渐肥。　　　　　　——白居易《燕诗示刘叟》

表述 母燕辛辛苦苦地哺育雏燕，整整三十天。在这过程中，母燕日渐消瘦，但雏燕却在她的精心照料下逐渐长大，体态也丰满起来。

古诗词 谁言寸草心，报得三春晖。　　　　　　——孟郊《游子吟》

表述 有谁能够说，子女那如同小草般微薄的孝心，能报答得了母亲那如同春日暖阳般的深厚恩情呢？

景色篇

妙语连珠

"江水"用什么诗词描述？

古诗词 日出江花红胜火，春来江水绿如蓝。能不忆江南？

——白居易《忆江南》

表述 太阳从江面上升起，映照得江边的花朵比燃烧的火焰还红；春天到来时，江水碧绿得就像用蓝草染过一样。这样的江南景色，怎能不让人怀念呢？

古诗词 登高壮观天地间，大江茫茫去不还。

——李白《庐山谣寄卢侍御虚舟》

表述 我登上高峰，俯瞰这辽阔的天地，长江浩渺无边，奔腾不息，滚滚东流，消失在远方。

古诗词 日落江湖白，潮来天地青。

——王维《送邢桂州》

表述 夕阳西下，余晖洒满江湖，在余晖的映照下呈现出一片耀眼的白色，当潮水汹涌而来时，江水的碧波与天地相接，仿佛整个天地都被浸润在了一片青翠之中。

"草原"用什么诗词描述?

古诗词 天苍苍,野茫茫,风吹草低见牛羊。

——《敕勒歌》

表述 天空湛蓝深远,草原无边无际,风儿吹过,牧草低伏,露出了在草丛中吃草的牛羊。

古诗词 无边绿翠凭羊牧,一马飞歌醉碧宵。

——杨万里《草原》

表述 在广阔的绿色草原上,羊群自由自在地放牧;牧人骑着骏马在草原上飞驰而过,高歌着欢快的曲调,仿佛陶醉在碧蓝的天空下。

古诗词 红树青山日欲斜,长郊草色绿无涯。

——欧阳修《丰乐亭游春·其三》

表述 夕阳挂在树梢,红润的光泽闪烁,青山郁郁苍苍,正被斜阳映照,一望无际的郊野,草色碧绿无垠,看不见边际。

"春景"用什么诗词描述？

古诗词 渡水复渡水，看花还看花。

——高启《寻胡隐君》

表述 我一路走来，渡过了一条又一条河，每次经过都忍不住停下来，欣赏河边路旁那些盛开的花朵，看了一遍又一遍。

古诗词 雨中草色绿堪染，水上桃花红欲然。

——王维《辋川别业》

表述 春雨细细地下着，草儿被雨水滋润得更加鲜绿，绿得好像都能用来染衣服了；水面上漂浮着几朵桃花，它们红得那么鲜艳，好像要燃烧起来一样。

"夏景"用什么诗词描述?

古诗词 翻空白鸟时时见,照水红蕖细细香。

——苏轼《鹧鸪天》

表述 蔚蓝的天空中,白色的鸟儿不时地翻飞翱翔;池塘中,荷花静静地开放,它们映照在水面上,散发出淡淡的香气。

古诗词 稻花香里说丰年,听取蛙声一片。

——辛弃疾《西江月·夜行黄沙道中》

表述 田里稻花飘香,仿佛在诉说着即将到来的丰收年景;此时,耳边传来阵阵蛙鸣,像是在为这即将到来的丰收欢呼。

古诗词 白日曜青春,时雨静飞尘。

——曹植《侍太子坐诗》

表述 明亮的阳光照耀着春天的大地,万物在阳光的沐浴下显得生机勃勃;及时降临的春雨,洗净了空气中的尘埃,使整个世界变得清新明亮。

"秋景"用什么诗词描述？

古诗词 落霞与孤鹜齐飞，秋水共长天一色。

——王勃《滕王阁序》

表述 傍晚时分，落日映照下的彩霞与孤独的野鸭一同在天空中飞翔，秋天的江水与辽阔的天空连成一片，浑然一色，让人分不清哪里是天，哪里是水。

古诗词 停车坐爱枫林晚，霜叶红于二月花。

——杜牧《山行》

表述 我停下马车，是因为喜爱这傍晚时分的枫林景色。这些枫叶经过秋霜的洗礼后，比二月里盛开的春花还要红艳。

古诗词 湖光秋月两相和，潭面无风镜未磨。

——刘禹锡《望洞庭》

表述 洞庭湖水与月光交相辉映，彼此映衬；湖面平静无波，就像一面未经打磨的铜镜，静静地映照着周围的景色。

"冬景"用什么诗词描述？

古诗词 千峰玉树凌寒色，九叠银屏照晚晴。

——金幼孜《为吏部师尚书题画·其四·冬景》

表述 在寒冷的冬日里，无数座山峰上的树木被冰雪覆盖，呈现出凌寒傲立的美景。层层叠叠的山峦银装素裹，宛如一道道银色的屏风，在傍晚晴朗的天空下分外明亮。

古诗词 雪粉华，舞梨花，再不见烟村四五家。

——关汉卿《大德歌·冬景》

表述 雪花如同细腻的粉末晶莹洁白，就像无数朵梨花在空中飞舞，随着雪花的飘落，那炊烟袅袅的村庄也渐渐模糊，依稀难辨了。

古诗词 烟霏霏，雪霏霏。雪向梅花枝上堆，春从何处回！

——吴淑姬《长相思令》

表述 冬日的天空云雾缭绕，一片迷蒙，小雪花飘飘洒洒地落下，梅花的枝条上也堆满了厚厚的积雪。这让人忍不住想问，春天究竟还会不会回来呢？

"菊花"用什么诗词描述？

古诗词 宁可枝头抱香死，何曾吹落北风中。

——郑思肖《寒菊》

表述 菊花宁愿坚守在枝头，保持着它的芬芳香气，直到生命的尽头，也绝不屈服于凛冽的北风，让自己被吹落。

古诗词 不是花中偏爱菊，此花开尽更无花。

——元稹《菊花》

表述 我并不是因为在百花中特别偏爱菊花，而是因为当菊花开过之后，其他花儿都已经凋谢，再无花可赏了。

古诗词 耐寒唯有东篱菊，金粟初开晓更清。

——白居易《咏菊》

表述 能够忍受寒冷天气的，只有东边篱笆旁的菊花。菊花那金黄色的花蕊初开，让清晨显得格外清新脱俗。

"梨花"用什么诗词描述？

古诗词 冷艳全欺雪，余香乍入衣。

——丘为《左掖梨花》

表述 梨花冷艳清绝，洁白如雪却更胜雪花一筹，它散发出的香气浓郁而持久，一下子就能浸入人的衣服。

古诗词 梨花院落溶溶月，柳絮池塘淡淡风。

——晏殊《寓意》

表述 庭院中，梨花沐浴在如水一般柔和的月光中，池塘边微风轻轻吹拂，柳絮随风起舞，带来一丝清新与宁静。

古诗词 落尽梨花春又了。满地残阳，翠色和烟老。

——梅尧臣《苏幕遮·草》

表述 梨花已经全部凋谢，这意味着春天马上就要结束了。此时，夕阳斜照在大地上，暮霭沉沉，那翠绿的青草也似乎变得苍老了。

"海棠花"用什么诗词描述？

古诗词 试问卷帘人，却道海棠依旧。知否，知否？应是绿肥红瘦。

——李清照《如梦令》

表述 我试着问那卷帘的侍女，外面的情况如何，她却回答说海棠花还和昨天一样。你可知道，这个季节应该是绿叶茂盛，红花稀疏了呀！

古诗词 爱惜芳心莫轻吐，且教桃李闹春风。

——元好问《同儿辈赋未开海棠》

表述 一定要珍惜自己的美好心灵，不要轻易展露，姑且让桃花李花在春风中尽情绽放吧！

古诗词 海棠不惜胭脂色，独立蒙蒙细雨中。

——陈与义《春寒》

表述 春天寒冷、细雨蒙蒙，而娇嫩的海棠却毫不吝惜鲜红的花朵，独自在寒风冷雨中默默开放着。

"荷花"用什么诗词描述？

古诗词 接天莲叶无穷碧，映日荷花别样红。

——杨万里《晓出净慈寺送林子方》

表述 那密密层层的荷叶铺展开去，与蓝天相接，一片无边无际的青翠碧绿；那亭亭玉立的荷花，在阳光的照耀下，显得格外鲜艳娇红。

古诗词 叶上初阳干宿雨。水面清圆，一一风荷举。

——周邦彦《苏幕遮》

表述 清晨的阳光洒在荷叶上，将昨夜残留的雨滴都晒干了。荷叶在水面上显得特别清新、圆润，微风吹过，每一片荷叶都轻轻地摇曳起来。

古诗词 此花此叶常相映，翠减红衰愁杀人。

——李商隐《赠荷花》

表述 荷花与荷叶相互映衬，彼此相依，构成了一幅美丽的画面。然而，当荷叶的绿色逐渐减退，荷花的红色也开始衰败时，这景象却让人心生哀愁，感到惋惜。

妙语连珠

"梅花"用什么诗词描述?

古诗词 疏影横斜水清浅，暗香浮动月黄昏。

——林逋《山园小梅》

表述 稀疏的梅树枝条在水面上投下横斜的影子，那清澈的水看起来格外浅。黄昏时分，月光洒下，梅花的淡淡香气在空气中隐隐浮动。

古诗词 遥知不是雪，为有暗香来。

——王安石《梅花》

表述 远远看去就知道那不是白皑皑的雪花，因为我能闻到梅花散发出的淡淡香气。

古诗词 闻道梅花坼晓风，雪堆遍满四山中。

——陆游《梅花绝句二首·其一》

表述 我听说山上的梅花已经迎着清晨的寒风绽放，远远望去，那盛开的梅花就像堆积的白雪一样，遍布在四周的山上。

"瀑布"用什么诗词描述？

古诗词 冰丝带雨悬霄汉，几千年晒未干。

——乔吉《双调·水仙子·重观瀑布》

表述 瀑布就像一条细长的冰丝，带着雨水悬挂在高高的天空中，好像已经悬挂了几千年，经历了无数的日晒雨淋，却仍然未曾干涸。

古诗词 飞流直下三千尺，疑是银河落九天。

——李白《望庐山瀑布》

表述 瀑布从高崖上飞泻而下，落差之大仿佛有三千尺，那壮观的景象让人不禁怀疑是天上的银河倾泻到了人间。

古诗词 倒挂银河分一脉，擘开玉峡出双龙。

——杨万里《又跋东坡、太白瀑布诗，示开先序禅师》

表述 瀑布就像那倒挂的银河分出的一条支流，它劈开了峡谷，那奔腾的水流就像两条巨龙在峡谷间穿梭，气势磅礴，令人震撼。

"黄河"用什么诗词描述？

古诗词 黄河西来决昆仑，咆哮万里触龙门。

——李白《公无渡河》

表述 黄河之水从西而来，冲决了昆仑山，它一路咆哮着，奔腾不息，穿越了上万里的距离，最终撞击在龙门山上。

古诗词 九曲黄河万里沙，浪淘风簸自天涯。

——刘禹锡《浪淘沙·其一》

表述 黄河曲折蜿蜒，挟带着大量的泥沙，波涛汹涌，奔腾万里，仿佛从遥远的天边滚滚而来。

古诗词 黄河九天上，人鬼瞰重关。长风怒卷高浪，飞洒日光寒。

——元好问《水调歌头·赋三门津》

表述 黄河仿佛从九天之上倾泻而下，无论是人还是鬼都只能俯瞰那重重关隘而不敢轻易通过。狂风怒吼，卷起了高高的浪头，浪花飞溅，连阳光都被映照得寒冷刺骨。

"山水"用什么诗词描述？

古诗词 山色浅深随夕照，江流日夜变秋声。

——宋琬
《九日同姜如农王西樵程穆倩诸君登慧光阁饮于竹圃分韵》

表述 随着夕阳的落下，山峦的颜色变得深浅不一。江水日夜不停地奔腾，发出的声音随着季节的变化而变化。现在已是秋天了，江流的声音也带着一丝秋日的萧瑟和凉意。

古诗词 满眼风波多闪烁，看山恰似走来迎。仔细看山山不动，是船行。

——佚名《浣溪沙》

表述 眼前波光粼粼，水面上的波纹闪烁着光芒。远处的山峦，仿佛正在向自己迎面走来。当我们仔细观察时，却发现山峦并没有移动，而是我们的船在前行。

古诗词 三山半落青天外，二水中分白鹭洲。

——李白《登金陵凤凰台》

表述 远处的三座山峰在青天的尽头若隐若现，仿佛有一半落在青天之

外。而江水则被分为两条支流，环绕着白鹭洲流淌。

"山景"用什么诗词描述？

古诗词 蝉噪林逾静，鸟鸣山更幽。

——王籍《入若耶溪》

表述 在若耶溪边的树林中，蝉鸣声不断，让树林显得更加宁静。山中偶尔传来的鸟鸣声，使山林增添了几分幽静深远。

古诗词 一雁下投天尽处，万山浮动雨来初。

——查慎行《登宝婺楼》

表述 我登上宝婺楼远眺，看到一只大雁向天边飞去，渐渐消失在天的尽头。此时，天边聚起了乌云，开始下雨，远处的山峦在雨中仿佛轻轻浮动，摇曳不定。

"海浪"用什么诗词描述？

古诗词 微微风簇浪，散作满河星。

——查慎行《舟夜书所见》

表述 在夜晚的河面上，微风轻轻地吹过，原本平静的水面泛起了层层细浪。这些细浪在月光的照耀下，闪烁着点点光芒，就像是满河的星星在闪烁一样。

古诗词 海上涛头一线来，楼前指顾雪成堆。

——苏轼《望海楼晚景五绝》

表述 我站在海边的望海楼上，远眺海面，最初，海浪只是像一条细细的白线，但很快就变得汹涌澎湃，像雪堆一样堆积在楼前。

古诗词 乱石穿空，惊涛拍岸，卷起千堆雪。

——苏轼《念奴娇·赤壁怀古》

表述 在赤壁的岸边，乱石林立，高耸入云，仿佛要刺破天空。惊人的巨浪拍击着江岸，激起的浪花就像是千万堆白雪在翻滚。

"夜景"用什么诗词描述？

古诗词 洞庭秋月生湖心，层波万顷如熔金。

——刘禹锡《洞庭秋月行》

表述 在秋天的夜晚，洞庭湖的湖心升起了一轮明月，月光洒满了整个湖面。湖面上的波浪层层叠叠，波光粼粼，在月光的照耀下，闪烁着金色的光芒，就像熔化了的金子一样。

古诗词 东风夜放花千树。更吹落、星如雨。

——辛弃疾《青玉案·元夕》

表述 春风吹开了元宵夜的火树银花，花灯灿烂，就像千树繁花盛开一样绚烂夺目。当烟花熄灭后，星星点点的火星又如雨般洒落。

古诗词 峨眉山月半轮秋，影入平羌江水流。

——李白《峨眉山月歌》

表述 在秋天的夜晚，峨眉山前悬挂着一轮半圆的明月，月光皎洁明亮。月亮的影子倒映在青衣江的水面上，随着江水的流动而摇曳生姿。

"月亮"用什么诗词描述？

古诗词 小时不识月，呼作白玉盘。

——李白《古朗月行》

表述 小时候，我不认识天上的月亮，把它称为大大的、白白的玉盘子。

古诗词 一轮秋影转金波，飞镜又重磨。

——辛弃疾《太常引·建康中秋夜为吕叔潜赋》

表述 在中秋之夜，一轮明月高悬天空，它的影子在水中流转，仿佛金色的波浪在轻轻荡漾。这轮明月就像是被重新打磨过的明镜，飞上了夜空。

古诗词 照之有余晖，揽之不盈手。

——陆机《拟明月何皎皎》

表述 月光照射下来，给大地带来了充足的光辉。然而，尽管月光如此明亮，但当我试图用手去揽取时，却发现它无法盈满手心。

"夜空"用什么诗词描述？

古诗词 天接云涛连晓雾，星河欲转千帆舞。

——李清照《渔家傲》

表述 天空与云海相接，清晨的雾气与云海交融。夜空中繁星点点，宛如银河在缓缓旋转，海面上，无数的船帆在风浪中摇曳，就像是银河中的点点星光在翩翩起舞。

古诗词 星垂平野阔，月涌大江流。

——杜甫《旅夜书怀》

表述 星星低垂在天边，使原野显得更加辽阔，月亮倒映在江面上，波涛汹涌，大江在夜色中滚滚流淌。

古诗词 明月澄清景，列宿正参差。

——曹植《公宴》

表述 明亮的月亮高悬夜空，洒下清辉，使得整个夜晚变得清澈而明亮。天上的星星错落不齐地分布着。

"日光"用什么诗词描述？

古诗词 杲杲冬日出，照我屋南隅。

——白居易《负冬日》

表述 在寒冷的冬日里，那明亮的阳光如同金色的绸缎，温暖地照耀着我房屋的南角。

古诗词 叹息西窗过隙驹，微阳初至日光舒。

——黄庭坚《窗日》

表述 我坐在西窗下，感叹着时光如白驹过隙般飞快流逝。此时，微弱的阳光从西窗的缝隙中透进来，它初升时的柔和与舒展，仿佛是大自然的一份安慰。

古诗词 宿雾开天霁，寒郊见初日。林疏照逾远，冰轻影微出。

——庾承宣《赋得冬日可爱》

表述 夜间的雾气散去，天空变得晴朗起来，在寒冷的郊外，可以看见初升的太阳。树林稀疏的地方，阳光照射得更加遥远，冰面上，薄薄的冰雪在阳光下映出了淡淡的影子。

"雪"用什么诗词描述？

古诗词 冬宜密雪，有碎玉声。

——王禹偁《黄州新建小竹楼记》

表述 冬天，最适合欣赏那纷纷扬扬的大雪，雪花密集地飘落，发出清脆的声音，就像无数碎玉在轻轻碰撞。

古诗词 望琼田不尽，银涛无际，浮皓色、来天地。

——向子諲《水龙吟》

表述 远远望去，远远望去，那广阔无垠的田野被白雪完全覆盖，就像一块巨大的美玉铺展在眼前，银色的波浪翻滚，天地间都浮动着洁白的光芒。

古诗词 忽如一夜春风来，千树万树梨花开。

——岑参《白雪歌送武判官归京》

表述 这雪如此之大，仿佛就在一夜之间，春风悄然降临，将成千上万棵树都装点得如同盛开的梨花一般。

"雨"用什么诗词描述?

古诗词 黄梅时节家家雨,青草池塘处处蛙。

——赵师秀《约客》

表述 在梅子成熟的黄梅时节,家家户户都被绵绵细雨所笼罩,池塘边青草茂盛,蛙声此起彼伏,处处回荡。

古诗词 游人脚底一声雷,满座顽云拨不开。

——苏轼《有美堂暴雨》

表述 就在游人的脚下,突然响起一声炸雷,紧接着乌云密布,遮天蔽日,仿佛整个天空都被厚重的乌云笼罩,无法拨开。

古诗词 雷声千嶂落,雨色万峰来。

——李攀龙《广阳山道中》

表述 雷声轰鸣,仿佛从千座山峰上坠落,震撼人心;暴雨倾泻,雨势磅礴,雨雾弥漫,如同万座山峰涌来。

"风"用什么诗词描述？

古诗词 海压竹枝低复举,风吹山角晦还明。

——陈与义《观雨》

表述 暴雨像海浪一样猛烈地拍打着竹林,使得竹枝一会儿被压得低低的,一会儿又挺立起来；风吹得乌云翻涌,山脊在云层的遮掩下一会儿显得昏暗,一会儿又露出光明。

古诗词 大声吹地转,高浪蹴天浮。

——杜甫《江涨》

表述 狂风大声呼啸着,仿佛要把大地吹得旋转起来；汹涌的波涛如同巨浪一般,似乎要将蓝天都踢得浮动起来。

古诗词 去来固无迹,动息如有情。

——王勃《咏风》

表述 风来来去去没有固定的踪迹,但它的吹动和停息却好像很有感情,仿佛能合人心意一般。

"夜里的大海"用什么诗词描述？

古诗词 日月之行，若出其中；星汉灿烂，若出其里。

——曹操《观沧海》

表述 太阳和月亮的升起降落，好像是从这浩瀚的海洋中发出的；银河里的灿烂群星，也好像是从这海洋的怀抱里涌现出来的。

古诗词 谁驾玉轮来海底，碾破琉璃千顷。

——高明《戏文·蔡伯喈琵琶记》

表述 是谁驾驶着那轮明亮的月亮，来到了海底深处？仿佛碾破了那广阔无垠、如同琉璃般清澈透明的海面千顷。

"傍晚近黄昏"用什么诗词描述？

古诗词 一道残阳铺水中，半江瑟瑟半江红。

——白居易《暮江吟》

表述 夕阳的余晖洒满江面，一半江水碧绿，另一半被夕阳染红，景色美不胜收。

古诗词 山气日夕佳，飞鸟相与还。

——陶渊明《饮酒·其五》

表述 傍晚时分，山间空气清新宜人。鸟儿们结伴归巢，相互呼应。

"四季变化"用什么诗词描述？

古诗词 春夏之交，草木际天；秋冬雪月，千里一色。

——苏轼《放鹤亭记》

表述 春夏交替之际，草市葱茏茂盛，仿佛要触及天际；而到了秋冬，雪花飘落，月光皎洁，千里之内的景色都被染上了一层洁白的色彩。

古诗词 有三秋桂子，十里荷花。

——柳永《望海潮·东南形胜》

表述 金秋时节有满树的桂花飘香，夏日有绵延十里的荷花盛开。